QUI NE SE PLANTE PAS NE POUSSE JAMAIS

Née en 1980, La Bretonne Sophie Tal Men est neurologue à Lorient.

Paru au Livre de Poche :

De battre la chamade

Entre mes doigts coule le sable

Les Yeux couleur de pluie

SOPHIE TAL MEN

Qui ne se plante pas ne pousse jamais

ROMAN

ALBIN MICHEL

ISBN : 978-2-253-26224-4 – 1re publication LGF

À Jacqueline, ma grand-mère

« Le vieillard, qui revient vers la source première,
Entre aux jours éternels et sort des jours changeants ;
Et l'on voit de la flamme aux yeux des jeunes gens,
Mais dans l'œil du vieillard on voit de la lumière. »

Booz endormi, Victor HUGO

PREMIÈRE PARTIE

On ne peut pas être et avoir été

1

À la Sainte-Catherine, tout bois meurt ou prend racine

Jacqueline était à genoux à même le sol, ses bottes de pluie aux pieds et son tablier de jardinage noué autour de la taille. Du bout de ses doigts rougis par le froid, l'octogénaire tassait la terre tout autour du tronc en chantonnant. Des vocalises aiguës et vibrantes à la Michel Polnareff entrecoupées d'éclats de rire suscités par les léchouilles de son chien. Un lévrier Whippet à la robe gris-bleu, qui profitait de la situation pour lui prouver toute son affection. Jacqueline avait rêvé de ce saule pleureur la nuit dernière, c'était un signe. Elle s'était empressée d'aller l'acheter en sortant de l'hôpital. L'arbrisseau prendrait place au fond de son jardin, entre son potager et les arbres fruitiers. Un de ces jours, quand le tronc serait plus vigoureux, quand ses branches se courberaient vers la terre, il la pleurerait, fouetté par le vent et les embruns. Fidèlement, silencieusement. Et cette pensée la fit sourire en poussant sa chansonnette.

« Je suis un saule pleureur. Qui ne pleure pas. Je suis un saule pleureur. Et tu ne me fais pas peur, toi[1] *! »*

Ce matin, un médecin du service de neurologie de Saint-Brieuc lui avait couru après dans le couloir :

— Vous êtes sûre que vous ne voulez pas rester quelques jours de plus ? Le temps de finir les examens ?

— Rester le jour de la Sainte-Catherine ? Vous n'y pensez pas.

— Pour… pourquoi ?

— J'ai à faire, mon garçon. Vous ne connaissez pas le dicton ? « À la Sainte-Catherine, tout bois meurt ou prend racine… » Et comme mon cas s'avère désespéré, je m'en vais trouver d'autres bois à planter.

Il l'avait regardée avec des yeux ronds, à la fois étonné et inquiet d'être passé à côté d'une démence débutante. La petite dame blonde, aux taches de rousseur, s'était mise à rire à gorge déployée, satisfaite de son effet. Elle s'était dressée sur la pointe des pieds et lui avait tapoté l'épaule pour se faire pardonner, avant de tourner les talons.

La fugueuse avait rejoint le hall d'entrée aussi vite qu'elle avait pu, en boitillant légèrement, puis avait regagné le cap Fréhel, seule, au volant de sa Mini Cooper jaune. Sur les derniers kilomètres, quand le goudron avait pris la teinte rose du grès des falaises, elle avait ôté le toit décapotable pour respirer le grand air iodé. Le boulanger de Plévenon, campé sur le trottoir, l'avait saluée en souriant. Rien d'étonnant de voir

1. Michel Polnareff, *Le Saule pleureur*, 1967.

passer son amie, les cheveux au vent, en plein mois de novembre. Rien d'étonnant quand on connaissait le personnage. Elle avait levé la main en moulinant du poignet telle la reine d'Angleterre, avant d'appuyer sur le champignon.

Et la voilà qui venait d'accomplir sa mission jardinage. Son vieux bois pourrait mourir tranquille. Le tronc grêle du saule « rieur » pointait tout droit vers le ciel, fier et plein de promesses. En ce jour de la Sainte-Catherine, il prendrait racine. Là, dans sa terre. Lorsqu'elle se releva en s'aidant du manche de sa pelle, des crampes fugaces lui cisaillèrent les mollets et ses jambes lui semblèrent molles et flageolantes. Dans combien de temps ne pourrait-elle plus se redresser ? Combien de temps pour rester genoux à terre ? Comme si Nietzsche, son chien, avait perçu sa douleur, il la suivit en gémissant et en lui reniflant les talons jusqu'à la maison.

Au coin du feu, cette soirée d'hiver s'annonçait chaude et douillette, et Jacqueline voulut conjurer le sort. Faire la fête, plutôt que se morfondre. Elle avait sorti du placard sa robe d'été rouge groseille, ses escarpins assortis et posé un foulard en soie sur ses épaules. Elle venait de nouer ses longs cheveux blonds en un chignon flou et de colorer ses lèvres d'un gloss rose pêche. Dans le miroir doré Louis-Philippe adossé au mur, son reflet lui sourit. Des yeux pétillant de malice et de rire enfoui.

— À la tienne ! trinqua-t-elle. *Nietzsche approuva le geste d'un aboiement sourd et bref avant de s'allonger en spectateur sur le tapis face à la porte.* J'aurai bientôt du mal à te suivre, mon chien. Je traîne déjà un peu la patte… Tu as remarqué ?

Elle termina sa phrase par quelques gorgées de rhum vieux qu'elle but doucement, en baissant le menton pour ne pas avaler de travers. Lorsque l'alcool lui chauffa la gorge, elle toussa un peu avant de recommencer.

Ce reflet n'était pas celui d'une femme de quatre-vingt-deux ans. Pas celui d'une femme au seuil de la mort. Elle ne pouvait le croire. Ses pommettes hautes, bien rebondies, avaient souri toute leur vie, à l'abri du soleil, avec assez de rondeurs pour faire bomber son épiderme. Un lifting naturel, pensa-t-elle avec orgueil et réalisme. Elle attendit le signal pour commencer à danser : le doux chant des guitares du Buena Vista Social Club. Danser pour évacuer le stress des derniers jours, pour effacer les regards compatissants qui lui faisaient craindre le pire. Danser comme on recharge les batteries. Danser parce que la vie était une fête et que, pour la première fois, on lui avait fait entrevoir la fin. Au bout du chemin.

« Dos gardenias para ti. Con ellas quiero decir. Te quiero, te adoro, mi vida. Ponle todas tu atención. Que serán tu corazón y el mio. »

Jacqueline dirigea ses pas de salsa vers la table du salon pour y déposer son verre et caresser du bout des doigts cette grande boîte de chocolats qui trônait au milieu. Son repas du soir. Elle les goûterait un à un, en fermant les yeux pour mieux les savourer, en les gardant en bouche le plus longtemps possible pour qu'ils fondent sur sa langue. C'était Margaux, sa petite-fille, qui le lui avait appris la dernière fois qu'elle était allée lui rendre visite à Paris. Une entrevue express dont elle gardait un souvenir amer. Depuis qu'elle avait intégré la chocolaterie de son père, la jeune femme était devenue un vrai courant d'air. À l'image du petit mot qui accompagnait le coffret : « Voici, en avant-première, nos dernières créations pour Noël. J'espère que tu aimeras, spécialement celui qui porte ton prénom. Mon préféré ! On ne pourra pas se voir à Paris pour les fêtes, désolée, je serai encore en déplacement. Oui, encore ! Je sais. Je t'appelle très vite. »

Et les marques d'affection ? Les « Chère Mamie », les « Je t'embrasse » et encore les « Bisous » ? Étaient-elles devenues ringardes et superflues ? La gourmande fut déçue quand elle repéra le « Jacqueline » sur le descriptif. Le visuel n'avait rien d'original. Un carré luisant, tout simple, avec quelques vagues dessinées sur le dessus. Un marron clair terne, celui du chocolat au lait. « Praliné aux noisettes et chutes de crêpes », pouvait-on lire. Elle fit la moue. Comment des crêpes pouvaient-elles tenir dans une si petite bouchée ? Margaux se souvenait-elle de celles de son enfance ? De la pâte onctueuse que Jacqueline étalait en tournant le rozell sur le billig brûlant ? Du gnon imbibé de graisse qu'elle tamponnait pour éviter que ça colle ? Oui, Margaux se souvenait-elle de ces étés au cap Fréhel ? De ces deux mois de jeux et de rires avec Alexandre, son voisin du même âge. Petit garçon qu'elle avait vu grandir lui aussi et qu'elle considérait comme son propre petit-fils. Et lui ? Pourquoi ne donnait-il plus de nouvelles ? S'étaient-ils donné le mot tous les deux ?

Était-ce une histoire de génération d'oublier ses aïeux ? Elle souleva le « Jacqueline » entre deux doigts, avec précaution, comme s'il s'agissait d'une pierre précieuse, avant de le reposer au milieu de la boîte. Ce petit trésor-là, elle le garderait pour la fin.

Un chocolat à son nom ? N'était-ce pas un présage ? Un hommage à titre posthume ou presque ? Comme quand un lieu revêt le nom d'une personne célèbre. N'était-ce pas un acte manqué ? Elle l'avait lu dans les yeux de ce jeune médecin. Sa maladie – qui n'avait pas encore de nom – était incurable. Il s'était noyé dans des termes compliqués, histoire de la dissuader de lui poser des questions. Certains mots étaient restés dans sa tête comme les mots-clefs d'une histoire. Mis bout à bout, ils annonçaient la couleur. Dégénérescence. Neurones. Motricité. Bref, ce qui était perdu ne reviendrait pas. La parole, puis les muscles. Un à un. Paralysés. Pas question de le laisser continuer sa litanie. Sa façon de lui parler sans la regarder, sa fausse courtoisie qui dénotait une certaine gêne. Ce n'était pas cet homme qui déciderait de son sort. Pas cet oiseau de mauvais augure.

— C'est bon, c'est bon, j'ai compris, l'avait-elle coupé sèchement.

— Vraiment ? Vous n'avez pas de questions à me poser ?

— Non, aucune. Pouvez-vous envoyer un double du courrier à mon petit-fils ? Alexandre Jaouen, il est interne aux urgences de Quimper.

Jacqueline voulait choisir le moment où on lui annoncerait la fin. Et surtout qui le ferait. Elle se sentait prête et n'avait pas peur de la mort. Sa vie avait été bien remplie. Peut-être pas au rythme des jeunes d'aujourd'hui, mais avec le tempo lent et serein des jours qui se ressemblent. Elle n'avait aucun regret. Sa seule inquiétude : partir avec ce sentiment que le monde ne tournait pas rond. Un monde craintif, pressé. Un monde qui s'empêchait de rêver. Oui, c'était cela qu'elle ne pouvait accepter. Margaux et Alexandre s'empêchaient de rêver. À eux deux, ils incarnaient son monde miniature. Sa petite famille. Comment les laisser avec le sentiment qu'ils prenaient la mauvaise direction ? Pas maintenant. Pas comme ça. Elle ressentait le besoin impérieux de se recentrer sur eux avant de partir. Les larmes coulèrent sur ses joues en même temps qu'une bouchée de praline fondait dans sa bouche. *Un petit répit, docteur ? Le temps de m'assurer que tout ira bien pour eux.* Le compte à rebours était lancé. Elle le sentait. Sa façon de parler, de déglutir en étaient les premiers signes. Elle devait faire vite. Les faire réagir. Quand ils étaient enfants, elle devait inventer un jeu dès qu'ils commençaient à s'ennuyer, à faire des bêtises ou à s'étriper. Un cache-cache, une chasse au trésor, un parcours de billes dans le sable… C'est ça, elle devait être inventive. Trouver de nouvelles règles. Avec de nouveaux enjeux. Parce que la vie était un jeu. Et Nietzsche – le philosophe, pas son chien – ne disait-il pas que chaque homme cache en lui un enfant qui veut jouer ?

Le « Jacqueline » – le dernier de la boîte – tenait toutes ses promesses. Sur la langue, il avait la douceur de la praline et le croquant de la crêpe. Quand elle ouvrit les yeux, elle sourit. Enfin, elle y était. À Cuba, devant l'église blanche. Ses escarpins foulaient les pavés patinés couleur ocre. Face à elle, l'escalier entouré de statues de lévriers. Même Nietzsche jouait le jeu et faisait le mort. Le fond de l'air était chaud, le vent léger diffusait des odeurs de fleurs. Le village était en fête, le groupe de musiciens s'avançait, en souriant, leurs instruments collés à la poitrine. Elle était légère. Légère et tellement vivante.

« Dos gardenias para ti. Que tendrán todo el calor de un beso. De esos besos que te di. Y que jamas te encontrarán. En el calor de otro querer. »

2

Des fourmis dans les doigts

Alexandre se réveilla en position fœtale sur un brancard dans un box des urgences. La joue ventousée et la bouche pâteuse, le bras gauche lourd et douloureux d'avoir été comprimé sur le coussin dur. Il mit quelques secondes à réaliser, à se repérer dans l'espace et le temps. Cette garde avait été particulièrement éprouvante. À cinq heures du matin, la salle d'attente s'était désemplie, les patients endormis. C'est au moment où la machine à café avait ronronné dans la salle de pause en diffusant une délicieuse odeur caféinée qu'il avait lâché prise – lourdement, profondément – comme si son corps pesait une tonne.

Le vague souvenir d'une discussion avec l'infirmière d'accueil le fit sourire. Avait-elle réellement existé ou l'avait-il rêvée ? L'avait-elle vraiment réveillé en lui secouant l'épaule ?

— Alexandre… Désolée, j'ai une question. Il y a une jeune fille qui se présente parce qu'elle s'est fait piquer par les puces de son chat. Ça la démange et elle n'arrive pas à trouver le sommeil.

— Hum…

— Je ne vais quand même pas l'admettre aux urgences pour un tel motif ? Alexandre, tu m'écoutes ?

— Elle a du mal à dormir, tu dis ?… Et c'est une raison pour réveiller les autres ?

— Faut croire… Elle n'arrête pas de se gratter et…

— Si je lui prescris quelque chose, elle serait capable de revenir la prochaine fois, non ?

— Affirmatif… Je fais quoi alors ?

— Dis-lui d'enfiler des moufles ! avait-il lâché avant de lui tourner le dos.

Depuis qu'il avait commencé son stage d'interne aux urgences de Quimper début novembre, Alexandre s'était rendu compte que le degré d'inquiétude différait selon les gens. Il y avait les anxieux dont le moindre problème en appelait d'autres. Comme une boule de neige qui dévale une pente et qui grossit au fur et à mesure. Qui leur faisait penser à un cas vu dans *Grey's Anatomy* ou à l'infarctus de l'oncle, tombé raide mort sur le carrelage de la cuisine. Des douleurs, des impressions, des sensations qui les ramenaient à une seule préoccupation : l'angoisse de la mort. Et puis il y avait ceux qui attendaient, pensaient que ça allait passer. Comme ce patient du box 4 aux lèvres bleutées et au ventre tendu, essoufflé depuis plusieurs jours. Atteint d'un cancer métastatique, il avait attendu que ses organes soient noyés avant de consulter. Alexandre avait dû drainer l'épanchement dans la nuit. En s'y reprenant à plusieurs fois et en s'excusant à chaque fois :

— Désolé, vraiment… Je vais devoir repiquer, je ne comprends pas, ça doit être cloisonné.

— Ce n'est rien, jeune homme, avait-il soupiré entre deux inspirations. Je commence à avoir l'habitude. Connaissez-vous le proverbe arabe: « Qui ne se plante pas ne pousse jamais » ? Il m'aide à accepter bien des choses. Je me le répète souvent.

Alexandre avait arrêté son geste et était resté le trocart à la main, se demandant s'il avait bien entendu. Comment cet homme au bord de l'asphyxie trouvait-il la force de lâcher cette phrase ? La sagesse et la résignation avaient-elles leur place dans ces moments de détresse ? À sa place, n'exigerait-il pas l'excellence, la perfection ? Après une troisième tentative, la patience et la persévérance lui donnèrent raison et l'aiguille finit par trouver le chemin. Le liquide citrin s'écoula doucement en soulageant le malade et son jeune interne au passage. Alexandre s'assit face à son patient, les épaules courbées et la mine pensive. Ce proverbe avait remué chez lui des souvenirs. Était-ce la fatigue de la garde ? L'exercice difficile qu'il venait d'entreprendre ? Il en était tout chamboulé.

« Qui ne se plante pas ne pousse jamais. » Ces mots, Jacqueline les lui avait répétés toute son enfance. Quand il rapportait des mauvaises notes de l'école, quand il se trompait dans un exercice, quand il avait peur de prendre la mauvaise décision. Il se rappelait son sourire bienveillant et la douceur de sa voix. Quelquefois, il avait même fait exprès de la provoquer en rouspétant plus que d'habitude, en baissant les bras, en s'avouant vaincu. « Mais non, mais non », l'entendait-il répéter de sa petite voix. Pourquoi les avait-il oubliés ? Stockés dans un coin de sa tête. Peut-être parce qu'il n'en avait plus besoin. Qu'il avait poussé, changé, pris de l'assurance au fil des ans. N'était-ce pas grâce à Jacqueline ? Sa grand-mère de substitution. Celle qui avait pris le relais de parents occupés, pas concernés. Qui avait su trouver les mots pour le faire grandir. Et voilà qu'ils lui revenaient comme un boomerang et qu'ils résonnaient en lui – là, maintenant – sans qu'il sache vraiment pourquoi.

En ce samedi matin de novembre, Alexandre quittait le service des urgences d'un pas las, le visage grimaçant. *Ce satané bras qui le picotait !* Il avait beau le secouer, rien n'y faisait. Les fourmis descendaient le long de son avant-bras jusque dans les deux derniers doigts. Le trajet d'un nerf bien précis. Mais lequel déjà ?

À proximité de l'internat, il eut la réponse à sa question en croisant Marie-Lou, une interne de neurologie :

— Le nerf ulnaire. Tu as dû le comprimer en dormant. Un classique…

— Et ça met combien de temps à disparaître ?

— Quelques minutes le plus souvent, mais cela peut durer plusieurs jours… Surtout chez les douillets dans ton genre, ajouta-t-elle, amusée, en lui tendant la laisse de son chien. Tiens, je peux te demander un service ? Peux-tu m'aider à l'accrocher à cet arbre ? Juste le temps d'aller faire la visite dans mon service ?

Le labrador faisait des bonds dans tous les sens et semblait plutôt vouloir jouer ou lui mordiller les chaussures que rester ficelé.

— Tu n'as pas peur qu'il aboie toute la matinée et réveille tout le monde ? s'inquiéta-t-il en maîtrisant le fauve par la peau du cou et en l'attachant au grand chêne.

— Si… Mais, égoïstement, je préfère ça plutôt qu'il dévaste mon appartement !

— Je le surveille, si tu veux.

La jolie brune le détailla d'une moue attendrie. À ses lacets à moitié défaits, son pyjama blanc tout froissé, son stéthoscope qui pendait de sa poche et ses cheveux bruns en désordre, on aurait dit qu'il sortait d'une centrifugeuse. Ou d'un bateau venant de braver la tempête. Cela n'enlevait rien à son charme, au contraire. Un charme bohème et poétique à la Arthur Rimbaud dont elle avait tout de suite vu les effets sur les autres internes et dont l'intéressé n'avait absolument pas conscience.

— C'est gentil… Mais t'as vu ta tête ? Si tu veux un conseil : va te coucher !

Le fantôme en pyjama ne la contredit pas et continua son chemin. Direction : l'oreiller. Il traversa, impassible, les effluves de pain chaud et de café fumant. Abandonna ses instruments dans l'entrée et se dirigea vers l'escalier.

— Hey, Alexandre ! Viens voir ! l'intercepta Marie, la présidente de l'internat, en le poussant vers la salle à manger. Il y a une poupée en uniforme qui t'a préparé ton petit déjeuner !

Avec elle, il pouvait s'attendre à tout. Poupée gonflable, uniforme d'infirmière sexy… À tout, sauf ça !

— Surpriiiise !

Alexandre reconnut ce couinement aigu, impatient et exalté avant même de l'apercevoir. Hortense, sa petite amie, lui tendait les bras, tout sourire. Il s'immobilisa et l'observa, bouche bée, comme si elle venait de tomber du ciel. Elle était toute pimpante dans sa robe en laine bleu marine surmontée d'un petit col Claudine, le visage poudré et les cils maquillés. Un bandeau pour couronner son carré bien peigné. Aussi apprêtée qu'il était débraillé. Aussi pétillante qu'il était éteint. Mais que faisait-elle là ? À des centaines de kilomètres de chez elle ? Était-elle partie dans la nuit ? Avait-elle dormi dans son lit ? On était quel jour déjà ? Difficile pour lui d'émerger, d'organiser ses idées brumeuses et confuses. Avait-il oublié quelque chose ? Un anniversaire, une occasion quelconque ? Et après tout, fallait-il un prétexte pour passer le week-end ensemble ? N'allaient-ils pas se marier dans quelques mois ? Et voilà que les fourmis se déchaînaient sur son bras ! Encore et encore. En s'approchant d'elle, il tenta – vainement – de transformer un bâillement en un large sourire.

— Eh bien, t'as l'air content de la voir, ça fait peur ! pouffa Marie.

Et Hortense de s'affaisser sur sa chaise en fixant la corbeille de croissants d'un air déçu.

— Mais non, c'est génial que tu sois venue ! Depuis le temps qu'on ne s'était pas vus !

Alexandre ramait pendant que l'autre continuait de glousser, le nez dans sa tartine beurrée. À chaque tentative d'approche, il butait contre des lèvres serrées. Des lèvres qui finirent par se dérider.

— Tu n'es pas trop fatigué, j'espère ? *Il engouffra un croissant dans sa bouche et secoua la tête, les joues pleines.* Ça tombe bien, car je nous ai prévu un sacré programme !

Alexandre mâcha plus mollement sa viennoiserie. Il pouvait dire adieu à son oreiller !

La future mariée attendait ce week-end depuis longtemps et avait tout organisé. Ils commenceraient par choisir leurs bagues de fiançailles pour sceller la promesse qu'ils s'étaient faite l'été dernier. Deux ans qu'ils s'étaient rencontrés sur cette plage du cap Fréhel. À marée basse, elle avait eu la bonne idée de marcher sur l'épine dorsale d'une vive, et le jeune sauveteur en mer s'était montré plus que délicat avec sa plante de pied. Après un bain d'eau chaude pour détruire le venin thermolabile, il l'avait invitée à boire un verre en tête à tête. Des soins personnalisés, attentionnés, d'une élégante douceur, qui l'avaient conduite à délaisser ses copines de camping pour le reste de la soirée. Et pour le reste des vacances. Deux ans que la jeune institutrice du Val-d'Oise avait succombé au charme de son « sauveteur en mer-étudiant en médecine ». Deux ans qu'ils s'aimaient à distance sans parvenir à construire le moindre projet.

— J'en veux plus, Alexandre, avait-elle soupiré sur le quai de la gare de Lamballe, le dernier jour de leurs vacances. Un « chez-nous ». Un vrai.

Pour vivre ensemble, il fallait d'abord se marier. Ce n'était pas une question de principe mais d'Éducation nationale ! Une fois la bague au doigt, elle aurait assez de points pour espérer être affectée en Bretagne. Alexandre avait d'abord eu un mouvement de recul et ne l'avait pas prise au sérieux :

— Après le permis à points, le mariage à points, c'est ça ?

Le visage d'Hortense s'était décomposé, les larmes avaient pointé au coin des yeux et il avait réalisé qu'il y avait des sujets sur lesquels il ne fallait pas plaisanter.

— Désolé, je ne voulais pas dire ça.

— Après tout, on se pacse bien pour payer moins d'impôts et pour gagner des points. Pourquoi ne pas se marier ? Des papiers à signer, ni plus ni moins. Et puis, je ne suis pas sûre d'avoir ma mutation tout de suite, autant anticiper.

Anticiper, calculer, prévoir, faire des listes, organiser. Alexandre s'était laissé convaincre. Le mariage se ferait en petit comité, sans cérémonie, sans chichis. Elle le lui avait promis avant de sauter dans son train, les joues roses d'émotion. Alors pourquoi n'était-il pas dans son lit ce samedi matin ? Pourquoi se retrouvait-il devant cette vitrine aux côtés de sa belle écolière en uniforme ?

— Comme sur la photo dans *Mariage magazine* ! Regarde ! pointa-t-elle du doigt. Celle avec les deux anneaux entrecroisés ! Deux fois plus de diamants incrustés… Normal qu'elle soit deux fois plus chère que les autres… Non ?

Quand il hocha la tête sans tiquer sur les quatre chiffres de l'étiquette, elle poussa la porte avec un soupir satisfait.

Ses longs doigts fins avaient fière allure sur le feutre douillet de la table. Surtout avec la « french manucure » réalisée pour l'occasion ! Elle tournait lentement sa main sous les spots de la bijouterie, et Alexandre était comme hypnotisé. Pourquoi tanguait-il comme sur un bateau ? Les images se superposaient. Et ce petit liseré blanc qui cernait ses ongles, était-il naturel ? Peut-être un manque de calcium ? En se penchant vers le petit miroir posé sur la table, son reflet le fit sursauter. Quelle tête de déterré ! Avec ses cheveux en bataille, ses cernes bleutés et sa barbe de trois jours. Ressemblerait-il un jour à un jeune marié ? Pourquoi avait-il toujours cette impression de ne jamais rentrer dans le moule ? Que ce genre d'événement n'arrivait qu'aux autres ? Et cette phrase qui tournait toujours en boucle dans sa tête : « Qui ne se plante pas ne pousse jamais. » Qu'il s'amusa à répéter en silence, en remuant les lèvres devant la glace. Difficile à articuler. Beaucoup de voyelles explosives, beaucoup de mouvements de bouche et de muscles impliqués. Comment s'appelaient-ils déjà, ces muscles ? Ils avaient un drôle de nom. Les zygomatiques. Ah oui, c'était cela. Voilà que ses zygomatiques commençaient à fatiguer eux aussi.

— Alexandre ? *Le petit coup de coude d'Hortense venait de réveiller les fourmis qui couraient sur son bras.* Qu'est-ce que tu en penses ? Moi, j'adore !

En voyant l'anneau fin en or blanc que la vendeuse enfilait à son doigt, il comprit que ça le concernait.

— Tout à fait sa taille ! trancha Hortense d'une voix enthousiaste. *Voix qui se fit de plus en plus lointaine :* assez discrète, pas trop clinquante, distinguée, légère…

Quand les sourcils de la vendeuse se froncèrent, mal à l'aise, Hortense se tourna vers lui. Son menton venait de plonger après le quatrième adjectif et voilà qu'il lâchait des soupirs en dormant comme s'il fumait la pipe.

— Mais enfin, ALEXANDREEE ! !

Dans la rue, le fiancé – bien éveillé cette fois – continuait de secouer sa main. Discrètement, comme s'il chassait une mouche. Les fourmis allaient-elles longtemps se jouer de lui ? Elles s'étaient regroupées sur son annulaire. Autour de la bague, uniquement. Et s'en donnaient à cœur joie !

3

Le pouvoir aphrodisiaque du tiramisu

L'enseigne de la pâtisserie du XIVe arrondissement lui apparut sous le halo du réverbère. Encombrée de son bagage cabine dans une main et de son parapluie dans l'autre, Margaux traversa au pas de course la rue Froidevaux pour se réfugier sous l'auvent. Un sourire lui monta aux lèvres en apercevant Raphaël entouré d'une dizaine d'apprentis pâtissiers aux mines studieuses et intéressées. Un mois qu'elle n'était pas revenue à Paris. Qu'elle n'avait pas poussé la porte de sa boutique préférée. Une éternité pensa-t-elle et une raison suffisante pour s'y précipiter avant même de rentrer chez elle.

Depuis son trajet en avion Berlin-Paris, elle avait une faim de loup. La nuque d'un passager assis deux rangées devant elle l'avait mise en appétit. La prédatrice l'avait intercepté à peine le pied posé sur le tarmac. Il lui tournait le dos et elle lui avait tapoté la racine des cheveux au moment où il sortait à la hâte une cigarette tout effritée de sa poche.

— C'est dans ces moments-là qu'on réalise à quel point on est accro !

Le beau brun s'était retourné et l'avait d'abord regardée bizarrement, un peu fâché de cette intrusion en plein instant plaisir. Puis ses lèvres pincées s'étaient arrondies à la vue de cette magnifique blonde ceinturée dans son trench-coat de couleur taupe qui le défiait d'un air fier et impertinent.

— Euh… Vous en voulez une ?

— Non, sans façon… Ma came à moi, c'est le chocolat !

Came qu'elle lui avait proposée un peu plus tard à l'arrière du taxi en lui tendant l'écrin de feutre avec les dernières créations de la maison. Elle avait ponctué son geste par un « Tenez, choisissez ! » enthousiaste et généreux, qui faisait office de test. Le malheureux, un peu troublé par son jeu de jambes explicite, avait précipité sa main sur la boîte et opté sans la moindre hésitation pour celui du milieu. Le Gianduja avec la noisette entière caramélisée.

— Bon choix ! Un classique indétrônable depuis trente ans ! avait-elle ajouté d'un air faussement satisfait, alors qu'elle pensait strictement le contraire.

Mauvaise pioche. Beaux yeux, regard franc, silhouette affûtée, mais… Pourquoi y avait-il toujours des « mais » à la fin de chaque homme ? Une noisette entière ? Quelle preuve de manque d'originalité et de finesse !

Le taxi s'éloignait dans son dos qu'elle déchirait déjà sa carte de visite en laissant les petits bouts de papier se disperser dans le fond de son sac. *Dommage… À une noisette près… Flûte, alors !* Elle ferma son parapluie puis s'approcha de la vitrine pour y coller son front. Quelle recette Raphaël avait-il choisie pour son cours du soir ? Les boudoirs et les pots de mascarpone posés sur la table la mettaient sur la piste. Coiffé d'une toque en papier pour masquer sa calvitie précoce, son cousin faisait le show. Tout en fouettant énergiquement sa préparation, il se déplaçait dans la pièce le front relevé et l'air inspiré. On aurait dit un joueur de curling progressant sur la glace. Nul besoin de combinaison rembourrée, sa carrure naturelle en imposait suffisamment, surtout lorsqu'il bomba le torse en courant vers elle pour lui ouvrir la porte.

— Tout le monde lève son fouet et arrête de respirer ! chanta-t-il en la serrant dans ses bras et en prenant un malin plaisir à plaquer son tablier maculé de taches crémeuses sur son manteau.

— Enflure, chuchota-t-elle à son oreille.

— Pour vous servir, mademoiselle !

Et les élèves disciplinés abandonnèrent leur crème fouettée pour admirer le spectacle de ses longues jambes perchées, à la fois élégantes et décidées, qui traversaient la pièce en picorant le carrelage. Leurs bouches s'ouvrirent comme alléchées par un bon gâteau au chocolat. Pas un fondant tout simple, non, un qui en impose. Un marbré au fil noir imprimé sur le galbe de ses mollets. Une marquise aux cheveux dorés délicatement ondulés. Une charlotte au visage pastel et aux yeux lavande légèrement bridés. Une forêt noire dont les lèvres fuchsia avaient remplacé les cerises. Raphaël, qui connaissait l'attraction immédiate – presque animale – que Margaux exerçait sur la gent masculine, observa, amusé, son défilé haute couture et le jeté aérien de son imperméable sur le portemanteau.

— Bizarrement, tu choisis juste le jour où je reçois l'équipe de rugby du quartier pour faire une apparition.

— C'est mon jour de chance, alors ! gloussa-t-elle en esquissant son plus beau sourire. Et dites-moi, les gars, vous organisez souvent des petits cours du soir ?

— Euh… Pour souder l'équipe, répondit gauchement un des piliers en avalant sa salive.

C'est à ce moment qu'elle s'approcha et glissa l'index dans son récipient.

— Mmm… gémit-elle en portant son doigt à sa bouche. Ch'est quoi che goût en fin de bouche… Che n'est pas du marsala ?

— Très bonne remarque, cousine. J'ai innové un peu… Chuuut, les autres. On va laisser mademoiselle réfléchir et reprendre la partie.

Margaux prit place devant le comptoir, bien décidée à se faire la plus discrète possible. « Bouche cousue, jambes croisées », fit-elle signe à son cousin qui acquiesça en retour. Quel était cet alcool dont les boudoirs étaient imbibés ? Un vin muté du Sud. Mais lequel ? Serait-elle vraiment capable d'attendre la fin de la préparation ? Elle soulevait la cloche en verre à côté d'elle pour goûter aux cupcakes du jour, quand Raphaël la coupa dans son élan :

— Pas touche, gourmande !

La coupole retomba bruyamment sur le comptoir et l'affamée reposa son index sur sa bouche d'une moue contrariée. Combien de temps allait-elle encore devoir l'attendre, son tiramisu mystère ? Allait-elle continuer à se lyophiliser sur son tabouret ? Et tous ces mâles en tablier ! Un supplice ! Une fois que le chef eut le dos tourné, elle ôta en vitesse son kit de survie de son sac. Son coffret de luxe conçu spécialement pour les fêtes de fin d'année. Un assortiment de pralinés, de ganaches, de truffes et autres curiosités. Le « Jacqueline », celui qu'elle avait commandé spécialement au grand chef, lui souriait et lui tendait les bras au sommet de la pyramide. Elle ferma les yeux en le laissant fondre sur sa langue. « On goûte, on savoure en repérant la nuance exacte qui sépare le bon de l'excellent et ensuite l'excellent de l'exceptionnel[1] », disait son père. Mais là, c'était au-delà de la saveur, Margaux se laissa transporter jusqu'au cap Fréhel. Elle sentit l'odeur des crêpes imbibées de beurre, mêlée à celle du lilas en fleur du jardin, à celle du chien qui imprégnait le tissu du canapé. Perçut le sourire rebondi de sa grand-mère et le sien qui lui faisait miroir, encadré de ses deux nattes blondes pointant comme des antennes. Comment ce patchwork de sensations pouvait-il tenir dans une si petite bouchée ? Rien à dire, son père avait bien travaillé. Jacqueline serait-elle du même avis ? D'ailleurs, avait-elle reçu sa boîte ? Demain, elle l'appellerait. Elle le noterait dans son agenda pour ne pas oublier. Mieux. Elle allait tout de suite envoyer un message à sa nouvelle assistante pour qu'elle y pense à sa place. Ce serait un moyen de tester sa réactivité.

« Bien noté, madame. Je vous envoie en pièce jointe votre emploi du temps pour les prochaines quarante huit heures. Bien à vous, Sandy. »

Le sourire satisfait qui illumina son visage s'effaça

---

1. Robert Linxe, La Maison du Chocolat.

dès qu'elle découvrit le planning de ministre s'afficher sur l'écran.

« Demain : petit déjeuner avec votre père pour discuter d'une gamme de chocolats pour l'été, déjeuner pour parler stratégie commerciale et projet de développement, goûter avec journaliste culinaire et dîner avec publicitaire. »

Quatre repas par jour ? Comme si chaque décision devait se prendre en mangeant, dans ce métier. Et le lendemain : même programme. Sandy voulait-elle la tester elle aussi ?

— Littéralement, « tira mi su » en italien signifie « tire-moi vers le haut », « remonte-moi le moral », « redonne-moi des forces », continuait Raphaël. *Et bizarrement, Margaux reprit le fil à ce moment.* Il paraîtrait même que, durant la Renaissance, les Vénitiennes en consommaient avec leurs amants pour ses vertus présumées aphrodisiaques.

Et c'est le sourire aux lèvres qu'elle répondit à cette fameuse Sandy :

« Je me trompe ou je ne vais faire que manger ? Concernant le journaliste, si c'est un certain Tristan R., pas la peine de bloquer le créneau. Cela fait plusieurs mois qu'il essaie. Pas question non plus de dîner avec le publicitaire. Juste un apéro et encore, pouvez-vous m'envoyer son profil ? Merci de me caler une heure de jogging à midi. Et de voir comment placer un cours de Pilates et gainage avant de reprendre l'avion. Ah oui, j'oubliais... Et une séance chez le coiffeur ! »

Raphaël était lancé. Pas besoin de musique d'ambiance ni de radio, il ne s'arrêtait plus.

— Le dressage, les amis. Très important ! La touche finale qui transforme le produit en œuvre d'art. *Ça va, les chevilles ?* Vous le ferez chez vous demain, mais je vous fais une démonstration avant de partir.

Sandy ne fut pas longue à répondre.

« Bien noté, madame, je suis d'accord avec vous. Votre père semblait tenir à l'entretien avec le journaliste. Votre voyage à Berlin s'est-il bien passé ? »

Margaux pencha la tête, un peu surprise. Prometteuse, cette Sandy. Prometteuse, rapide et concernée. Aurait-elle déjà cerné les aspirations de son paternel ? Sa main à couper que ce chroniqueur était célibataire.

« Berlin. Plus difficile que prévu. Emplacement du local à revoir, quartier sans vie. Fille profilée pour le poste plus dispo. Bref, tout à refaire ! »

— Hey ! Tu quittes un peu ton téléphone ! l'interpella Raphaël en prenant place derrière le comptoir, un verre de porto millésimé tendu dans sa direction.

Les élèves, en file indienne sur le pas de la porte, la saluèrent, ravis d'emporter leurs chefs-d'œuvre à la maison. Dans leurs sourires impatients, elle perçut un brin d'excitation. L'effet aphrodisiaque sûrement.

— Tu restes combien de temps à Paris ? entendit-elle Raphaël dans son dos.

— Quarante-huit heures, montre en main… Euh, non… quarante-six heures maintenant.

— Pour aller où ?

— Juste un saut à Bruxelles. Le magasin cartonne et la RTBF réalise une émission avant les fêtes de Noël sur le succès de la maison. Ils veulent m'interviewer, ça ne se refuse pas… Excellent, ce porto, mais il serait encore meilleur si je n'étais pas à jeun.

— Alors, goûte-moi ça !

La jeune femme fit tourner le plat entre ses mains pour mieux l'admirer. On était loin du classique rectangle. L'artiste avait mis de la structure, du relief, des couleurs. Sur une base compacte de boudoirs trônait une boule blanche crémeuse et onctueuse, tel un igloo sur sa banquise, surmontée de copeaux de chocolat. Mais pas seulement. De grandes chips fendaient la structure. Une touche graphique qui cassait la rondeur.

— C'est copieux, c'est gourmand… chanta-t-elle en faisant rouler le « r ». Et ces chips de pommes caramélisées ! Quelle merveille !

— Normalement, il faut le laisser au réfrigérateur plusieurs heures avant de le goûter, s'excusa Raphaël, plus très sûr de lui tout à coup.

— Tu ne vas pas me faire ça, gémit-elle en agrippant le plat de peur qu'il ne lui retire. J'ai attendu, fantasmé, salivé.

Elle hésita avant de briser l'équilibre, puis plongea sa cuillère dans le dôme. Cet arrière-goût la surprit encore une fois. Étrange comme il excitait ses papilles. Elle ferma les yeux et colla ensuite sa langue sur son palais. Elle ne connaissait que lui.

— Ça y est, j'ai trouvé ! Mais oui, bien sûr. Du porto !

— Bingo ! Faut dire, je t'ai un peu aidée.

Une fois sur le trottoir, Margaux avait encore faim. Ce constat la fit ronchonner quand Raphaël ferma le rideau de fer de l'entrée. Ronchonner quand il l'embrassa pour lui dire au revoir. Ronchonner quand il fit vrombir le moteur de son scooter. Vrai qu'elle était affamée. Comme si son envie de « tira mi su » n'avait pas été totalement assouvie. Elle regarda autour d'elle au cas où un des rugbymen se soit perdu en chemin. Personne. La rue était déserte, et le brouillard transformait le haut mur de pierres du cimetière Montparnasse en une masse obscure aux contours flous. Un sentiment de solitude l'enveloppa, plus prononcé maintenant qu'elle était revenue à Paris. Ses nombreux déplacements avaient le goût de l'aventure et cette capitale, celui de la monotonie. Et le fait d'habiter encore chez son père ne faisait qu'amplifier cette impression. Pourquoi n'emménageait-elle pas dans son propre appartement ? Peut-être devrait-elle y songer un jour… Chaque année, elle reculait ce projet. Les rectangles lumineux sur le toit des taxis défilèrent devant ses yeux sans qu'elle cherche à lever le bras. Au contraire, sa main glissa tout au fond de son sac. « Monsieur noisette caramélisée ». Ce n'était sans doute pas le plus fin des connaisseurs, mais que pensait-il du tiramisu ? Il avait bien un avis. Elle collecta un à un les morceaux de carton. Après tout, n'avait-il pas droit à une seconde chance ? Les pièces du puzzle s'assemblèrent. Dans le désordre, no-Bru-bois-Du devenait Bruno Dubois. Géni-in-eur, ingénieur. Recoller son adresse lui demanda plus de persévérance, mais rien n'arrêtait la prédatrice. Rien. Et ce n'est qu'une fois son jeu terminé, uniquement là, qu'elle brandit le bras au-dessus de sa tête.

— Taxi !

4

« Madame pompon »

Depuis la venue d'Hortense à l'internat, Alexandre était perçu différemment par le reste de la troupe. Dans cette colonie de vacances sans vacances, on n'avait pas encore d'homme marié (ou presque). Ce statut intriguait, interrogeait, mettait parfois mal à l'aise. Marie, la présidente des internes, prenait un malin plaisir à l'assommer de questions et à mettre sa patience à rude épreuve. Le fiancé serait-il dispensé des soirées du jeudi ? Respecterait-il le planning des gardes aux urgences ? Aurait-il encore le temps de prendre des cours de badminton le mardi soir et l'envie de s'investir dans un groupe de musique ? Fallait-il lui trouver un appartement plus grand ?

— Si j'avais su que tu accorderais autant d'importance à une bague, je t'aurais demandée en mariage.

— Dans tes rêves, Alexandre Jaouen !

— Alors, arrête de remettre ça sur le tapis !

Marie avait levé le bras en criant « Je le jure ! », et le soir même, à l'apéro, elle avait lancé le débat « Pour ou contre le mariage », agrémenté d'un clin d'œil dans sa direction. Le fiancé avait assisté médusé aux questions métaphysiques de ses charmantes co-internes. Une fois la corde au cou, pouvait-on rester une femme indépendante ? Fallait-il changer de nom ? N'était-ce pas le début d'un long processus de dépersonnalisation ?

Alexandre s'était levé au milieu de l'arène en entraînant son ami Bertrand avec lui.

— C'est justement dans ces moments-là que j'aimerais qu'on soit plus de mecs en médecine.

— Oui, cette minorité est écrasante ! Surtout que Marie… elle compte triple !

Aux urgences, Alexandre appréciait de rester noyé dans la masse des pyjamas blancs et de ne pas être au centre des préoccupations. L'anneau passait inaperçu, confiné au fond de sa poche ou caché sous ses gants. Dans ces couloirs où les rayons du soleil ne filtraient pas, chaque garde avait quelque chose d'unique et était vécue comme une aventure. Il aimait cette diversité, ce brassage, ce flot perpétuel qui faisait qu'aucune journée ne se ressemblait et que le temps filait à toute vitesse. Et aujourd'hui tout particulièrement. Les patients avaient décidé d'apporter avec eux leur lot d'étrangeté et de situations cocasses. Comme si le burlesque s'était invité aux urgences. À commencer par cette sexagénaire du box 1 qui s'était fracturé le col du fémur. Un cas médical on ne peut plus banal, mais les circonstances de la chute l'étaient un peu moins.

— Je ne sais pas si vous me reconnaissez.

Alexandre fit défiler dans sa tête quelques visages connus du même âge.

— Non, désolé… Je ne vois pas.

— Je suis la « madame pompon » du manège ! Vous savez, sur le parvis de la cathédrale Saint-Corentin… Il pleuvait, j'ai glissé. Vous vous rendez compte qu'en quarante ans de métier, cela ne m'était jamais arrivé !

— C'est un métier à risques effectivement, avait-il conclu, le sourire aux lèvres.

Avec le vague souvenir d'une queue de Mickey sur le port d'Erquy. Celle qu'il arrachait debout sur le siège de son cabriolet décapotable sous les applaudissements de Jacqueline. Arrivé au box 2, il avait poussé la curiosité jusqu'à demander au patient ce qu'il faisait dans la vie et là, il avait eu droit à une réponse pour le moins originale :

— Je suis accrocheur de dindes.

— Accroch… ?

— À la chaîne dans un abattoir, si vous préférez… Pas la peine de vous expliquer comment j'ai fait pour me luxer l'épaule pour la quinzième fois.

— Non, pas la peine, avait-il répondu en tirant sur son bras d'un coup sec.

Le contact avec les gens, voilà ce qu'Alexandre aimait le plus à l'hôpital. Celui qui permettait de rester ancré à la réalité, qui lui faisait réaliser sa chance d'avoir fait des études. Ici, pas de tri de la société, de classe affaires. Tout le monde était logé à la même enseigne. Ou plutôt parqué dans un box, sur un brancard étriqué et branlant. Comme la patiente du box 3, qu'il commençait à bien connaître. « Madame antipuces », ainsi la surnommait-il. Elle venait au moins une fois par semaine. Et pour cause ? Une allergie à un insecticide vaporisé dans son appartement. Une seule pulvérisation il y a cinq ans avait suffi à transformer sa vie en un véritable enfer et à chacun de ses passages aux urgences, elle trouvait un motif différent : toux chronique, douleurs diffuses, nausées… C'était quoi, aujourd'hui ? Des plaques rouges sur les jambes. Si petites et si fugaces qu'il fallait rester le nez collé à ses rotules pour espérer les voir. Comment raisonner ce délire hypocondriaque si bien ancré ? Alexandre s'y était épuisé plus d'une fois et quand l'infirmière l'avait interrompu en pleines tergiversations, il avait failli la remercier.

— Désolée, tu peux venir au box 4 ? C'est un peu particulier.

La loi des séries. Qu'allait-on lui présenter cette fois ? Un cracheur de feu enrhumé ? Un druide boiteux ? Un dresseur d'ours allergique ?

— Cette patiente refuse de se faire examiner par quelqu'un d'autre que toi.

L'interne avait posé sa main contre sa poitrine.

— Moi ? C'est impossible ! À part les gens qui travaillent ici, je ne connais personne à Quimper.

— Je te jure que cette grand-mère déguisée en Mme de Pompadour a cité ton nom !

— Mme Pompon ?… Euh… De Pompadour ? *Bizarrement, un seul visage lui vint à l'esprit. Jacqueline…* Jacqueline Le Mentec ?

— Oui, c'est ce nom-là ! Eh bien, tu vois que tu la connais !

À travers la porte, Alexandre aperçut la marquise, tout sourire, assise droite sur son brancard. Rien ne manquait à la panoplie : sa robe bustier, ses rubans autour du cou et son chignon frisé sur le dessus. Pourquoi cet accoutrement et cette moue de petite fille espiègle ? Pourquoi cela ne lui disait rien qui vaille ? Comme la tache de sang qui maculait sa cheville.

— Jacqueline ? Mais qu'est-ce que tu fais là ? Tu es tombée ? *De plus près, l'hémoglobine semblait épaisse et crémeuse. Avec une étrange odeur de sauce tomate.* Et ce rouge, ce n'est pas du sang !

— Du ketchup, mon garçon ! Bon diagnostic, bravo !

L'infirmière leva les yeux au ciel avant de lâcher :

— Bon… Eh bien moi, je vous laisse !

Alexandre resta à dévisager Jacqueline, la mine grave. Il ne pensait plus au déguisement, ni à cette blessure factice, mais aux quelques mots qui venaient de sortir de sa bouche. La façon dont elle les avait articulés. Cela faisait-il partie du rôle ? Il la serra dans ses bras, réalisant qu'il n'avait pas encore pris le temps de l'embrasser.

— Ta voix a changé, non ?

— C'est si flagrant ?

L'air contrit de la vieille femme l'inquiéta.

— Tu as fait un A.V.C., c'est ça ? Tu t'en es rendue compte au réveil et tu as préféré faire deux heures de route pour que ce soit moi qui te prenne en charge ? Mais Jacqueline… C'est complètement inconscient !

— Du calme, Alexandre ! Du calme... Si tu m'appelais plus souvent, tu aurais remarqué ma bouillie dans la bouche bien avant.

Le jeune interne s'affaissa sur une chaise à côté d'elle afin d'écouter sa version des faits. *Un compte-rendu de Saint-Brieuc ? Non, il n'avait rien reçu. Pourquoi personne ne l'avait appelé ? Et qu'est-ce que la Sainte-Catherine venait faire là-dedans ?* La vieille femme voulait noyer le poisson. Évasive dans ses réponses, elle feignait de ne rien avoir compris, mais Alexandre n'était pas dupe. Des troubles qui évoluaient à bas bruit, insidieusement, n'auguraient rien de bon.

— Je n'ai pas fait tout ce chemin pour que tu t'inquiètes de mon sort, ronchonna-t-elle. C'est plutôt l'inverse. C'est toi qui me préoccupes !

— Moi ?

— Alors comme ça, tu as décidé de te marier ? Sans me prévenir ? Ton Hortense qui m'appelle un matin pour me demander l'autorisation d'organiser le retour dans mon jardin !

— Le retour de quoi ?

— C'est justement la question que je lui ai posée, figure-toi ! Le retour du mariage, pardi ! Elle avait l'air un peu triste que tu n'aies pas pris le temps de me mettre au courant. Moi aussi, d'ailleurs.

— Qu'avez-vous tous avec mon mariage ? C'est si important pour tout le monde ?

— Pourquoi, ça ne l'est pas pour toi ?

— Si, si, marmonna-t-il en se frottant le menton avec la paume de sa main.

Jacqueline prit le temps de le sonder, avant de changer de sujet :

— Parfois j'avale de travers, l'eau surtout. J'ai aussi des crampes, mes muscles qui se mettent à bouger tout seuls sous ma peau. Et puis j'ai l'impression d'être faible, de ne plus commander mes jambes comme avant.

— Depuis quand ?

— Deux… trois mois, peut-être.

— Tu aurais dû m'appeler avant. Pas la peine de monter tout un scénario pour me voir.

— Tu me connais, j'aime faire mon cinéma… Tu ne trouves pas que j'ai l'air moins malade dans ma robe à froufrous ? *Alexandre haussa les épaules et se força à sourire.* Tu sais, mon garçon, si mon corps me trahit, mon esprit reste fidèle. Dans ma tête, j'ai toujours l'impression d'avoir dix ans. Je pensais que ça allait me passer, mais non, tu vois, même à quatre-vingt-deux ans, c'est pareil. Et c'est bien la première fois que mes vieux os m'envoient des signaux inverses. Comme un rappel à l'ordre. Il fallait bien que ça arrive un jour ou l'autre. *Alexandre resta silencieux, la gorge nouée. Jacqueline continua sur sa lancée, le visage tourné vers le plafond.* Par contre, si tu pouvais l'expliquer à Margaux, ça m'arrangerait. Toi, tu sauras trouver les mots.

L'interne mit quelques secondes à réagir.

— Margaux ?… Bergamote ? Elle va trouver ça bizarre que je l'appelle. On ne s'est pas parlé depuis… combien ? Ça fait combien de temps, déjà ?

— Dix ans et trois mois. À l'enterrement de Virginie, répondit-elle du tac au tac.

— Un bail.

— Bergamote, répéta Jacqueline en pouffant, rien que de penser à sa réaction en entendant ce surnom. Tu l'appelleras, hein ?

Alexandre acquiesça pour lui faire plaisir et commença à frotter la sauce tomate avec une compresse humide. Machinalement, histoire de s'occuper les mains. Et Jacqueline d'ajouter, goguenarde :

— Quel bon médecin tu fais, mon garçon ! Regarde… Même pas une cicatrice !

5

La reine de Saba

Un pas, un carreau. Un pas, un carreau. Chaque matin en allant au travail, Margaux suivait cette règle en foulant le trottoir du faubourg Saint-Honoré. Comme si une marelle géante se déroulait à ses pieds. Si par malheur un passant se trouvait sur sa trajectoire, elle s'arrangeait pour que ce soit lui qui la laisse passer, sans même daigner remonter le menton enfoui dans le col de son trench-coat Burberry. Et ce petit jeu continuait au bureau avec les membres de son équipe. Gare à ceux qui ne regardaient pas dans la même direction et ne mettaient pas les pieds sur les mêmes carreaux !

Voilà dix minutes qu'elle tapotait d'un air agacé le gros dossier devant elle avec la pointe de son stylo. Cette réunion imposée par son père ne l'incitait pas à la patience. Rater son cours de Pilates non plus. Cet auditeur pouvait-il être plus concis dans sa présentation ? Pourquoi se perdre dans des tableaux de chiffres et des organigrammes à n'en plus finir alors qu'il n'avait rien à dire ? Et cette façon de postillonner, de lécher ses doigts en tournant ses feuilles. *Détestable !* Elle se mit à gesticuler comme si on venait de déverser du poil à gratter sur sa chaise.

— Pouvez-vous conclure ? le coupa-t-elle sèchement devant les mines à la fois amusées et gênées de ses collaborateurs.

L'homme tourna le dos à son tableau et regarda son public pour la première fois.

— Hum... Très bien. Je pense qu'il serait intéressant de développer des réseaux de franchise dans des zones à potentiel moins important.

— Avez-vous pensé une seconde à la cohérence de notre image de marque ?

— Laissez-moi vous lister les avantages de...

— Vous êtes tenace !

Elle allait sortir les griffes quand son assistante se pencha par-dessus son épaule :

— Téléphone pour vous...

— Pas maintenant !

— C'est personnel, apparemment.

— Rien dans ma vie personnelle ne justifie d'interrompre cette discussion ! cracha-t-elle sans perdre de vue son interlocuteur.

Celui dont les mains devenaient de plus en plus moites et le col de chemise un peu trop serré.

— L'intérêt de l'audit, c'est justement de vous donner des pistes nouvelles de développement...

— Cher monsieur, je suis désolée de vous le dire, mais vous n'avez rien compris à la politique de la maison ! Ce n'est pas de lessive ni de serviettes hygiéniques qu'il s'agit, mais de chocolats de luxe ! *Elle se leva pour continuer sa plaidoirie et vit son père ravaler un sourire.* L'A.D.N. des créations Berthot ne sera pas terni par des questions de rentabilité. C'est hors de question !

Sur ce coup d'éclat, elle sortit de la pièce en claquant des talons. Pourquoi avoir fait appel à cette boîte d'audit ? Quand son père allait-il comprendre qu'il pouvait lui faire confiance ? Que le créatif, c'était lui ; mais que la commerciale, c'était elle ? Qu'elle soit diplômée d'une des plus prestigieuses écoles du pays ne lui suffisait-il pas ? Pourquoi perdre son temps avec des intervenants extérieurs qui ne connaissaient rien au produit, à l'histoire de la maison ? Sa maison. Celle dont elle détenait la moitié des parts depuis le décès de sa mère. Son A.D.N. Pourquoi avoir toujours l'impression de devoir faire ses preuves ? 19 h 30. C'était raté pour son cours de Pilates, mais peut-être arriverait-elle à temps pour le Piloxing ? Cogner sur un punching-ball imaginaire ne lui ferait pas de mal, au contraire !

Lorsque Sandy la vit passer en trombe, son sac de sport à la main, elle hésita à l'interpeller encore une fois.

— Désolée pour tout à l'heure, mais l'homme au bout du fil a insisté pour vous parler.

Margaux fit deux pas en arrière.

— Et il s'est présenté ?

— Non, pas que je sache… C'est étrange.

— Tristan R., le journaliste, soupira-t-elle. Laissez tomber. Il essaie à tout prix d'avoir un rendez-vous avec moi.

— Non, ce n'était pas lui… Sa dernière phrase m'a laissé entendre qu'il vous connaissait personnellement.

— Continuez.

— Il a employé un drôle de surnom en parlant de vous… *Margaux se crispa.* Bergamote… Oui, c'est ça. Bergamote, gloussa-t-elle avant de plaquer sa main devant sa bouche et de voir le regard de sa patronne se perdre dans le vide.

Margaux l'avait gardé dans un coin de sa tête. Bergamote. Sur le trottoir du faubourg Saint-Honoré, devant la glace de la salle de sport, dans le taxi, devant la porte de la pâtisserie de Raphaël. Bergamote. Dix ans qu'elle n'avait pas entendu ce surnom. Que lui voulait-il ? Pourquoi employer ce sobriquet devant son assistante si ce n'était pour la ridiculiser ? S'il était arrivé quelque chose à Jacqueline, il aurait sûrement laissé un message. Sa grand-mère. Il fallait vraiment qu'elle l'appelle…

Raphaël lui pinça la joue.

— Hey, cousine ! Ça n'a pas l'air d'aller ?

— Si, j'ai faim ! Pas de cours ce soir ?

— Non, j'ai pris du retard et je prépare un dernier gâteau pour demain. Tu veux m'aider ?

— Ça dépend… Y a du chocolat ?

Il hocha la tête en soulevant une des plaquettes disposées sur la table, puis lui fit signe de retirer son manteau. Rien ne pouvait lui faire plus plaisir qu'une visite surprise de Margaux. Et il la préférait décontractée, dans son legging rose et ses baskets, plutôt que perchée sur ses talons aiguilles. Depuis quand n'avaient-ils pas passé une soirée tous les deux à cuisiner, à déguster du bon vin en refaisant le monde ?

— Ce soir, je te propose un gâteau de ménage endimanché portant un nom qui te va comme un gant ! déclara-t-il d'un ton théâtral en lui tendant un tablier et des ustensiles de cuisine.

— Laisse-moi deviner. Une truffe ? *Il secoua la tête.* Un cake ? Une tuile ? Une religieuse ?

— Non, tout le contraire d'une religieuse ! éclata-t-il de rire. Une reine de Saba !

Elle s'appliqua à l'imiter, à prendre les mêmes ingrédients, à travailler le miel et le beurre pour obtenir un mélange lisse et crémeux. Avec le fredonnement de Raphaël comme musique de fond, ses gestes s'automatisèrent et son esprit s'allégea. Une douce odeur de fleur d'acacia emplit ses narines, et elle ferma les yeux. Juste un instant. Avant que son portable la rappelle à l'ordre et que la voix de son père retentisse dans l'écouteur en mode haut-parleur :

— Margaux, tu dînes avec moi ce soir ? Il faut qu'on débriefe avant ton départ… Raphaël ? Pourquoi ne se joindrait-il pas à nous ? Un gâteau ?… À cette heure ? Et tes valises ? Tu les as préparées ?

Le pâtissier, mécontent d'être interrompu, souffla plusieurs fois en secouant la tête avant de faire signe à son apprentie de ne pas s'arrêter, d'ajouter les amandes effilées au chocolat, le plus délicatement possible pour ne pas les briser.

— Combien de fois devrais-je te le dire, Margaux ? continua le patriarche. Ton comportement dénote une certaine immaturité. Il va falloir apprendre à mettre les formes pour exposer tes idées… On en rediscutera demain, je vais m'arranger pour te déposer à l'aéroport. Sandy t'a bien rappelé l'horaire de ton vol ?

Margaux ponctuait chaque phrase de petits grognements affirmatifs. Alors que son père l'imaginait calme et réceptive, l'apprentie se vengeait sur ses ingrédients et se défoulait à coups de fouet. Raphaël grimaça en l'observant massacrer ses amandes, les réduire en poudre, incorporer sa farine par paquets, faire des grumeaux, fouetter de plus belle, faire de la bouillie avec ses blancs en neige, verser la moitié hors du moule. *Un carnage.*

— Je pars à Québec demain, lui souffla-t-elle après avoir raccroché.

— Madame voit grand. Toujours plus grand, soupira-t-il en enfournant les gâteaux.

— La marque s'ouvre outre-Atlantique. Je suis super excitée ! L'inauguration du magasin est prévue pour Noël, et Papa doit m'y rejoindre.

— Hum…

Dans sa tête, les fêtes ne se passaient pas dans un magasin à l'autre bout du monde, plutôt en famille au coin du feu avec une bûche « maison » préparée par ses soins. Mais Raphaël ne releva pas et préféra se concentrer sur la préparation de sa crème chantilly. Sa touche finale. Celle qu'il insérerait à l'aide d'une poche à douille, une fois son gâteau refroidi.

Margaux ne chercha pas à l'imiter et continua son monologue :

— L'équipe commerciale vient de finir son repérage. On a une opportunité en plein cœur du vieux

Québec. Rue Saint-Jean. Tu connais ? Je dois justement rencontrer le gérant, le former, lui expliquer les produits, lui trouver un second si besoin. Et il n'y a pas que ça, je vais devoir cibler les attentes, cerner les différences culturelles, les réglementations du pays…

Derrière elle, Raphaël dodelinait de la tête au rythme de ses paroles, d'un air moqueur. Cette soirée n'était pas celle qu'il avait imaginée. Comme si un mur s'était dressé entre eux et que chacun avait cuisiné dans son coin. Pas de rires, de bataille de crème, de moustaches en chocolat. Pas un seul : « Et toi, raconte. Quoi de neuf ? » Pas un seul mot pour lui. Il leva son verre de porto et trinqua dans le vide. Avec lui-même. Depuis ce fameux « Combien de fois devrais-je te le dire, Margaux ? » craché par son père, la reine de Saba avait changé. Perdu de sa splendeur. Perdu sa chantilly et son voile de sucre glace. Sa fantaisie et sa joie de vivre. Et lui, l'appétit, par la même occasion.

6

On ne peut pas être et avoir été

— Marie-Lou, j'ai un petit service à te demander. Ce n'est pas facile à expliquer…

Alexandre s'était frotté le menton avec le plat de la main plus d'une fois avant d'entrer dans les détails.

— Déguisée en quoi ?… C'est une blague ? l'avait coupé l'interne de neurologie.

Après quelques explications supplémentaires sur la personnalité de sa charmante patiente, Alexandre l'avait convaincue de la prendre dans son service.

— Je ne vais pas ENCORE être hospitalisée ? avait protesté Mme de Pompadour.

— Le temps de comprendre ce qui t'arrive et de récupérer le compte-rendu de Saint-Brieuc. Qu'est-ce que tu croyais ? Que j'allais te renvoyer comme ça ?

La vieille femme avait feint de s'y opposer, de rouspéter, mais son talent d'actrice s'était révélé de courte durée.

— Tu finis à quelle heure ? Tu viendras manger avec moi, ce soir ? On pourrait peut-être se commander des pizzas… Qu'en penses-tu ? Ils livrent à l'hôpital ?

Marie-Lou ne put s'empêcher de rire en voyant débarquer ce drôle de convoi : Alexandre, l'air penaud, poussant le brancard-carrosse de Madame la marquise.

— *No comment !* lui glissa-t-il dans l'oreille avant d'embrasser Jacqueline et de retourner aux urgences.

En l'accompagnant dans sa chambre, la jeune femme comprit tout de suite qu'avec sa nouvelle pensionnaire, il fallait prendre son temps. L'apprivoiser petit à petit sans en avoir l'air. Elle commença par se présenter, puis se tourna vers la patiente dans le lit d'à côté :

— Et voici Mme Toumelin, votre charmante voisine. Dans cet hôtel cinq étoiles, il reste encore quelques chambres doubles. Réservées exclusivement aux personnes les plus sympathiques.

— Oui, ici, c'est le carré V.I.P. ! s'exclama la sexagénaire en se redressant dans son lit. Je vais sortir si vous voulez, le temps que vous vous installiez.

Cheveux noirs monochromes, traits de crayon soulignant ses yeux, bottes cloutées et cuir des pieds à la tête. Jacqueline se demanda, un instant, si elle aussi était déguisée.

— C'est très aimable à vous, chère madame, déclara-t-elle d'un ton précieux.

Puis elle attendit d'être seule avec Marie-Lou pour rentrer dans le vif du sujet :

— Alors comme ça, vous habitez avec Alexandre ?

— Euh, oui… Enfin, entre autres, se mit-elle à rougir.

— Et vous le connaissez bien ?

— Disons que la vie à l'internat aide à tisser des liens.

— Et il est heureux, vous croyez ?

L'interne eut un mouvement de recul.

— En tout cas, il adore ce qu'il fait. Toujours prêt à reprendre une garde aux urgences…

— Non, je ne parlais pas de ses études, mais de sa vie personnelle, trancha-t-elle sans détour. Vous a-t-il au moins présenté Hortense ?

— Oui, rapidement.

— Et croyez-vous qu'on puisse se marier pour une histoire de points ?

La tournure prise par cette conversation commençait à mettre Marie-Lou mal à l'aise. L'interne réussit à éluder la question le plus habilement possible et à prendre un peu de distance pour débuter l'examen. Elle souleva ses jupons, se pencha pour étudier ses muscles à jour frisant, regarda la forme de sa langue, palpa ses mains. Pas besoin de courrier de Saint-Brieuc. Au premier coup d'œil, la jeune neurologue sut mettre un nom sur les symptômes présentés par Jacqueline. Ceux qu'Alexandre lui avait énumérés d'une voix inquiète et hésitante. Au moment de lui taper les réflexes, le docteur Breton, son chef de service, fit une brève apparition dans la chambre. Juste le temps de contourner le lit, le dos légèrement courbé. Et de finir par hocher la tête avant de disparaître aussi vite qu'il était entré.

— Un peu étrange ce médecin, non ? s'inquiéta Jacqueline.

— Ne pas se fier aux apparences. Voilà ce que m'a appris le docteur Breton. Aviez-vous déjà vu un sage à la démarche de marabout ? Eh bien, c'est chose faite !

C'était une sorte de parade, il s'assurait que tout allait bien pour vous. Pour vous et pour moi.

— Ha ha ha ! J'adore votre réponse. Je sens que l'on va bien s'entendre toutes les deux ! Par contre, je vous le dis tout de suite : je pars demain.

— Si vite ?

— Mon temps est compté, mademoiselle. Ce n'est pas vous qui allez me dire le contraire.

Marie-Lou secoua la tête d'une moue désolée.

— Voulez-vous qu'on en discute ?

— Non, merci. On m'a laissé sous-entendre qu'il n'y avait pas de traitement, alors je préfère vivre au jour le jour et écouter mon corps. Lui n'arrête pas de me parler et quelquefois, je souhaiterais qu'il se taise ! Voyez-vous, il faut que je me fasse une raison, on ne peut pas être et avoir été…

Cette dernière phrase résonna dans l'esprit de la jeune interne. Elle n'avait encore jamais entendu un tel discours. Une telle sérénité, un tel fatalisme. Cette marquise ne cessait de l'étonner et de la désarçonner. Comment embrayer après ça ? Que répondre ? Jacqueline ne lui en donna pas l'occasion :

— Le temps passe si vite. C'est pour ça qu'il faut absolument que je sorte !

— Vous avez des projets ?

— Si vous saviez ! Une longue liste ! Et rendre visite à Alexandre faisait partie de mes priorités !

Marie-Lou sortit de la pièce, émue et mal à l'aise. Alexandre. Comment allait-elle lui annoncer ? S'attendait-il à un tel diagnostic ? À un tel pronostic ? Cette femme semblait tellement compter à ses yeux.

Elle répéta dans sa tête les mots qu'elle utiliserait. Des termes médicaux, forcément, elle y était obligée. Avec lui, impossible d'arrondir les angles, d'être évasive, vague, incertaine. Avec lui, l'annonce risquait d'être brutale, sans détour. Elle poussa les deux portes battantes, lourdes et épaisses, aperçut sa chevelure brune au fond du couloir des urgences et inspira un bon coup.

Une fois que sa voisine fut de retour dans la chambre, Jacqueline l'aborda comme si elle était en train de faire la queue dans un grand magasin, un jour de soldes :

— Vous êtes ici pour quoi, vous ?

— Oh, moi ? Rien de grave. Ils appellent ça un ictus amnésique. Un bug de mémoire à ce qu'il paraît. Cela a duré deux heures, puis tout est revenu dans l'ordre. Je n'ai jamais vécu de moment aussi angoissant. Je ne savais plus où j'étais, ce que je faisais, qui était mon mari… Vous savez, comme la chanson : « Je ne reconnais plus personne en Harley Davidson. » Et vous savez le plus drôle ?

— Non…

— C'est que j'en ai une !

— Une quoi ?

— Bah, une Harley ! *Elle écarta sa veste pour lui montrer son tee-shirt avec la marque écrite en grosses lettres.* Du coup, mon mari croyait que je le faisais marcher. J'ai eu mon petit succès aux urgences quand je leur ai raconté ça ! Qu'est-ce qu'on a ri ! Ha ha ha ! Et vous, rien de grave ?

Jacqueline se tâta le chignon pour le remettre en place et se redressa sur son lit. Fou comme la bonne humeur de sa voisine était communicative !

— Non, une broutille ! Je me suis ouvert la cheville en me prenant les pieds dans ma robe. Ça m'apprendra à me déguiser à mon âge… Je sors demain, et vous ?

— Moi aussi !

Au moment où la motarde se mit à chanter à tue-tête en se prenant pour Brigitte Bardot, Alexandre passa sa tête dans l'embrasure de la porte.

« Je n'ai besoin de personne en Harley Davidson. Je ne reconnais plus personne en Harley Davidson. »

Quand il questionna Jacqueline du regard, un peu inquiet, elle esquissa son plus beau sourire avant de reprendre en chœur :

« J'appuie sur le starter et voici que je quitte la terre. J'irai peut-être au paradis mais dans un train d'enfer[1]*. »*

---

1. Serge Gainsbourg, Brigitte Bardot, *Harley Davidson*, 1968.

7

De pluie et de vent, tire ton bonnet jusqu'aux dents

Alexandre et Margaux reçurent le même message de Jacqueline, en simultané mais sur deux fuseaux horaires différents.

Il était vingt heures à Quimper, quatorze à Québec.

L'un venait de quitter les urgences pour rejoindre Marie, Bertrand et les autres à l'internat pour le concert rituel du vendredi soir. L'autre finissait de déjeuner dans son prestigieux hôtel : le Château Frontenac, en compagnie du gérant de son futur magasin.

Le musicien, en train d'accorder sa guitare, sentit la vibration du téléphone dans sa poche et pensa que ça pouvait attendre. La directrice commerciale, en femme connectée, vit le début du texte s'afficher directement sur sa montre. Des premiers mots qui l'alertèrent et la troublèrent au point de sortir du restaurant. Alexandre, lui, attendit la quatrième secousse contre sa cuisse pour se lever.

Margaux, Alexandre,
Mes chers enfants,
Le dicton du jour a fini de me persuader.

À quelques minutes d'intervalle, leur réaction fut la même. Froncement de sourcils, relecture du message. Puis leurs doigts glissèrent sur l'écran pour agrandir la photo. Celle de l'almanach à la page du 1er décembre.

Le mois de l'Avent est de pluie et de vent,
tire ton bonnet jusqu'aux dents.

Image que l'octogénaire n'avait pas manqué de commenter :

Non, non et non ! Je ne tirerai pas mon bonnet !
Je pars, c'est décidé.

Margaux se frotta le lobe de l'oreille, et Alexandre passa sa paume sur son menton comme s'il venait de se raser.

— C'est quoi, cette histoire ? Qu'est-ce qu'elle a encore inventé ? lâchèrent-ils dans un soupir, avant de composer le numéro de la frileuse grand-mère.

« Désolée, je me suis absentée pendant une durée indéterminée. Pour tout renseignement, merci de contacter mon amie Josette Hénaff au 06… »

Et voilà que son répondeur enfonçait le clou ! Une durée indéterminée ? Quand l'interne pensa au pire, la femme d'affaires se demanda qui pouvait être cette fameuse Josette. Une voisine ? Une cousine ? Ce nom lui disait bien quelque chose, enfoui tout au fond de sa mémoire. Une sensation de déjà-vu dont les images se précisèrent au bout de quelques secondes jusqu'à la faire sourire. Alexandre n'eut pas cet effort à faire. La bistrotière avait marqué toute son enfance et continuait de pimenter ses week-ends. Surnommée « la pharmacienne » en raison de sa tirade habituelle : « À tout souci, tout remontant ! », elle était bien du genre à être dans toutes les combines. Surtout celles de Jacqueline, sa vieille copine d'école.

— Josette ? C'est Alexandre.

En entendant son prénom, la grosse femme accoudée à son comptoir poussa un cri tonitruant. Comme une sirène d'alarme.

— Hey ! Cé le p'tiot à la Jacq'line...

Et malgré toute sa bonne volonté et celle de ses clients, ils ne furent pas d'une grande aide :

— Ah nan, j'en sais pas beaucoup p'us... Attends, j'demand'. Que'qu'un sait que' quechose ? Nan, pe'sonne. Savez, la Jacq'line, l'é' tétue cel'-là ! *Ses paroles étaient entrecoupées de déglutitions sonores, de bruits de verres qui s'entrechoquaient et d'éclats de rire.* E' m'a dit qu'en avait ma' du temps, qu'e s'en allait vé le soleil. E' l'avait une voix biza'... Si j'connaissais pas l'mo'ceau, j'aurais pu c'oire qu'é n'avait pas bu que d'l'eau !... Hein, Jeannot ? *s'égosilla-t-elle dans le téléphone, ce qui le fit se reculer du combiné.* Où qu'c'é qu'elle a pu pa'ti' ? C'é vague, le soleil... Ha ha ha ! Va falloir aller à la chasse. D'ailleu' el' a laissé une boîte sur la tab' avé' vos noms d'ssus... Toi et Ma'gaux. Si je l'ai ouve'te ? Non, mais dis don', j'suis pas une fouineus'… Z'avez qu'à veni' voi' vous-mêm'.

— Z'avez qu'à, répéta-t-il, mi-amusé, mi-excédé, après avoir raccroché.

Comme s'il n'avait que ça à faire, ce week-end. Courir au cap Fréhel ouvrir une boîte ! Le point de départ d'un jeu de piste dont il redoutait l'arrivée. Jacqueline avait-elle bien conscience qu'il n'avait plus six ans ?

— Bon, tu me donnes le « la » ? s'impatienta Marie, la bouche déjà collée au micro.

— Désolé, ce soir, ce sera sans moi. J'ai un contretemps.

— Quoi ? *Elle posa sa main sur son bras pour l'empêcher de ranger son instrument.* Tu rigoles ou quoi ? On fait comment sans guitariste ?

— Édith Piaf s'en passait bien.

— J'étais censée chanter du Ed Sheran, je te signale !

— Bertrand t'accompagnera à ma place.

— Avec sa flûte traversière ? *Elle le suivit dans le couloir.* Alexandre, je ne rigole pas, reviens ! J'ai invité toute l'équipe du bloc opératoire, ce soir… Tu ne peux pas nous faire ça ! Si c'est encore ta poupée en uniforme, elle commence à me gonfler, celle-là ! Alexandre Jaouen ! Reviens, c'est un ordre ! cria-t-elle en l'observant disparaître dans un haussement d'épaules.

Depuis quand lui donnait-elle des ordres ? Une fois sur la route, Alexandre repensa à l'attitude de Jacqueline dans son lit d'hôpital. À cette étrange sérénité face à la maladie qui commençait à l'affaiblir. Celle dont elle ne voulait pas entendre le nom mais dont elle connaissait pertinemment l'issue. Pourvu qu'elle n'ait pas pris de décision radicale. Avec Jacqueline, tout était possible. À chaque mot, son image. Au sens propre elle préférait toujours le figuré. « Je pars. » Qu'entend-elle par là ? Il tressaillit en appuyant sur l'accélérateur.

De son côté, Margaux eut droit au même discours de « la pharmacienne ». À ceci près que « la p'tiote à la Jacq'line » fut traitée de « rev'nante » et que son « Z'avez qu'à veni' voi' vous-mêm' » se fit encore plus insistant, comme teinté de reproche. Dès la première phrase, sa voix éraillée et ses vociférations de poissonnière ravivèrent plein de souvenirs chez la jeune femme. Les pincements de joue interminables ponctués de « Oh qu'é l'a g'andi, la b'indille ! », les diabolos fraise à deux pailles qu'elle partageait avec Alexandre, leurs frimousses dépassant à peine du comptoir, les bâtons de réglisse qu'ils se disputaient, les mains plongées dans le grand bocal en verre. Alessand'e. Elle ne l'avait pas revu depuis l'été de ses quinze ans, depuis qu'une chape de brouillard épaisse était tombée sur sa vie. Dans ce coin du cimetière Montparnasse où les allées s'évanouissent loin des célébrités, où les pierres tombales brûlent au soleil en toute tranquillité, le garçon était resté en retrait du convoi funèbre. Long, fin et nonchalant, les mains dans les poches, un peu courbé pour la circonstance. Tee-shirt trop large et jean noir élimé, alors que tous les hommes portaient un costume. Au moment de lancer sa rose sur le cercueil, son regard avait plongé dans le sien. Des yeux tristes couleur miel, pudiques et sincères, qui l'avaient fait sombrer. Elle qui s'était efforcée de ne rien laisser paraître, aucune émotion, aucune larme. Voilà qu'elle s'était fissurée et effondrée dans ses bras. Une étreinte de quelques secondes, subite et maladroite, le temps d'un murmure : « Je serai toujours là pour toi. » Puis le vide. Une rentrée au lycée inodore et incolore, un père anéanti. Les étés qui s'étaient succédé, et le manque qui s'était estompé. Elle avait préféré les plages de la Côte d'Azur aux falaises bretonnes, le jet-ski aux après-midi pêche, les boîtes de nuit aux parties de mah-jong, les paillettes à la nappe en dentelle. Le pas lourd et l'humeur nostalgique, Margaux retourna à sa table et écourta son déjeuner en posant un billet à côté de l'assiette.

— On remet ça dans quelques jours, vous voulez bien ?

Comme si la question n'attendait pas de réponse. Juste un hochement de tête docile et résigné pour valider son impertinence. Elle zigzagua dans le hall de l'hôtel, absorbée dans ses pensées, avant d'atterrir sur un des grands tabourets du bar. Elle repensa aux paroles de Josette, ses reproches en demi-teinte. Pourquoi n'était-elle jamais revenue à Fréhel ? Pourquoi était-ce toujours Jacqueline qui montait à Paris ? Des séjours de plus en plus courts, de plus en plus rares. À quand remontait sa dernière visite ? Six mois ? Plus ? Un frisson la parcourut. Elle se remémora ce café bruyant près de la gare. Cette demi-heure grignotée sur son emploi du temps, le visage fermé et boudeur de son aïeule, cet échange gêné et superficiel. Et cette phrase qui l'avait surprise, parce qu'elle n'avait rien à faire dans la conversation :

— Avant, quand tu croquais dans un petit-beurre, tu commençais par les coins avant d'engouffrer le centre…

Rappelle-toi, ça nous faisait rire avec Alexandre. Une vraie gourmande ! Et là, regarde, tu n'as même pas pris le temps d'ouvrir le paquet.

La mine blessée de Jacqueline quand elle avait rangé ses gâteaux dans son sac et qu'elle s'était levée pour aller prendre son train.

— Un café ? l'apostropha le barman.

La jeune femme leva la tête dans un mouvement de recul.

— Euh… Non… Quelque chose de plus fort.

— Un double expresso ?

Pourquoi ce beau brun dont les tablettes de chocolat se dessinaient à travers sa chemise tenait-il autant à la shooter à la caféine ? Une lueur coquine fendit son visage.

— Vous savez… Mon stimulant à moi, c'est plutôt le chocolat… *Il arqua un sourcil.* Vous connaissez le cocktail Alexandra ? Crème de cacao, crème fraîche, cognac. Un peu de glace pilée et une pincée de poudre de cacao amer. *Elle gonfla la poitrine, en arrondissant sa bouche.* Cher ami, croyez-vous pouvoir me satisfaire ?

— Et comment !

Sans lever le bout de son nez, elle aspira dans sa paille. Longuement, en fermant les yeux. Et les saveurs lui parvinrent une à une. Baignés dans le chocolat, le cri des mouettes se mêla à celui de Josette, puis le rire aigu et saccadé de sa grand-mère noyé dans le cognac et enfin le murmure d'Alexandre. Juste un filet de voix rauque. Un « Je serai toujours là pour toi » enfoui tout au fond des glaçons.

8

C'est Alzheimer ?

Lorsque l'hôtesse de l'air, debout près du cockpit, fit signe à Margaux d'éteindre son portable, la jeune femme détourna la tête comme si de rien n'était.

— Sandy ? Finalement, je rentre plus tôt que prévu. *Un léger grognement se fit entendre à l'autre bout du fil.* Sandy ? Je vous réveille ?... Ah, c'est vrai ! Le décalage horaire ! Bon, vous pouvez m'attendre à Roissy ? Dans sept heures trente exactement. Avec une voiture de Papa. Une facile à conduire. Pas le quatre-quatre... Oui, la TT c'est bien. *Margaux fronça le nez devant le regard insistant de la grande brune en tailleur bleu. Celle qui s'apprêtait à mimer le pingouin avec son gilet de sauvetage.* Je dois faire un saut en Bretagne. Oui, vous m'avez bien entendue. La Bretagne, pas la Grande-Bretagne... Non, pas besoin de chauffeur, j'irai seule... Un contretemps personnel dont je me passerais bien, soupira-t-elle. Je serai de retour à Québec dans soixante-douze heures au plus tard, si vous voulez déjà me prendre mon billet. Ah oui, j'oubliais, dans le coffre, je veux bien mes affaires de jogging. J'ai laissé une tenue au bureau, dans mon tiroir du bas. À tout à l'heure, je suis obligée de raccrocher… Oui, c'est bon, j'ai compris ! pesta-t-elle contre l'hôtesse qui venait de poser sa main sur son avant-bras.

De là, elle goba un Stilnox® noyé dans un verre de Baileys, puis fit glisser le bandeau en tissu sur ses yeux. *Opération déphasage-rephasage.* Le timing habituel. Sauf quand le vent porteur avait décidé de souffler et d'accélérer l'appareil. Que le trajet durait trente minutes de moins et que le somnifère faisait toujours effet après l'atterrissage. Sandy vit arriver sur le parking, non pas sa patronne élégante et apprêtée, mais une sorte de zombie perché sur des talons gigantesques, le visage tout fripé, les yeux hagards surmontés d'un masque de nuit en travers du front.

— Votre voyage s'est bien passé ? *Le bougonnement et les vagues clignements de paupières qui suivirent ne l'incitèrent pas à lui donner les clefs.* Euh… Je vais conduire, c'est préférable, bredouilla-t-elle, gênée, en refermant sa main sur le trousseau.

Margaux protesta. Mollement, juste pour la forme. Les imprévus n'étaient pas dans son habitude. Conduire une voiture non plus, d'ailleurs. Et depuis quand son assistante prenait-elle les décisions à sa place ?

— J'aurais très bien pu prendre le volant… Je ne suis pas du tout fatiguée, ronchonna-t-elle en s'affalant sur le siège passager.

Et lorsqu'au premier tournant, « Miss grognon » abaissa son bandeau et entrouvrit les lèvres dans un profond soupir, Sandy ne put s'empêcher de rire. Le comique de la situation, la tête de zombie, cette escapade improvisée. Que faisait-elle aux commandes de cette décapotable ? Sans aucun bagage, même pas une culotte de rechange. Elle ferma la bouche pour ne pas faire trop de bruit et les secousses du diaphragme commencèrent à lui faire mal. Pourquoi Margaux avait-elle décidé de traverser l'Atlantique pour courir en Bretagne ? Et qui était-elle vraiment, d'ailleurs ? Sandy se souvint du jour où Didier Berthot, l'éminent chocolatier, l'avait abordée dans le hall de l'immeuble pour recourir à ses services. Du salaire astronomique qu'il lui avait proposé. Du ton grave qu'il avait employé :

— Je me suis fait une raison, ce n'est pas une secrétaire comme les autres qu'il faut à Margaux. Quand j'ai appris que notre voisine, dont vous vous occupez si bien, allait entrer en maison de retraite, j'ai tout de suite pensé à vous. J'aimerais une assistante vingt-quatre heures sur vingt quatre… De l'écoute, de la compréhension, de la patience et du réconfort.

— Merci pour votre proposition. C'est très aimable à vous… Mais qui est Margaux ? Votre mère ?

— Non, ma fille.

— Ah… Peut-être vous trompez-vous de personne, alors. Moi, j'ai un diplôme d'aide à la personne âgée.

— Non, c'est parfait. Si vous avez été capable de vous occuper de Mme Le Puil, vous avez toutes les qualités du monde, j'en suis certain !

Quelle image avait-il de sa fille ? Et quelle relation entretenaient-ils tous les deux pour qu'il agisse ainsi derrière son dos ? Son accès de fou rire passé, elle prit le temps d'observer sa passagère du coin de l'œil. Pour la première fois, elle pouvait la détailler sans avoir le réflexe de baisser les yeux. Quel âge avait-elle ? Vingt-cinq ans ? Pas beaucoup plus qu'elle. La première fois qu'elle l'avait vue, elle s'était demandé si son père, en l'embauchant, n'était pas en quête de son contraire. Aussi grande, blonde et exubérante qu'elle-même était petite, brune et désespérément banale. Directrice commerciale, responsable du développement international. Comment pouvait-elle déjà endosser un poste avec autant de responsabilités ? Et surtout, assumer le fait d'avoir été parachutée par Papa ? Une vraie tornade, cette fille. Exigeante, remuante, changeante, mais quelquefois tellement prévisible ! Comme son comportement à la sortie de l'avion. Oui, il y avait quelque chose de clownesque dans sa façon d'agir. On aurait dit qu'elle jouait un rôle, une sorte de façade qui recouvrait les failles. Quelles failles ? La réponse résidait peut-être là-bas, au bout de la route. Où allait-elle, d'ailleurs ? La Bretagne, c'était un peu vague comme destination.

Au milieu de l'allée en gravier, Margaux lui fit signe de couper le moteur. Malgré la pluie torrentielle qui brouillait la vue, une vieille longère en pierre aux volets jaunes se dressait devant elles et paraissait étrangement lumineuse. Comme si un rayon de soleil avait percé les nuages. Juste là, pour éclairer le toit d'ardoises et le grès rose de la façade. La voix vibrante d'Asaf Avidan enveloppait l'habitacle ; et les essuie-glaces, qui léchaient la vitre, l'accompagnaient tels des métronomes. Une voix, tendue, à vif, et qui ne les incita pas à bouger.

« Hard is the floor as the waves pound the shore. Of your wounds. Roll up your sleeve it's hard to believe. But it's you. Love it or leave it. »

Lorsque Margaux trouva la clef cachée sous l'arrosoir en zinc près de l'abri de jardin, elle aima l'idée que rien ne bougeait ici. Tout paraissait immuable. Sauf les personnes qui traversaient ces lieux. Eux grandissaient, vieillissaient, prenaient les marques du temps. Comme cet objet rouillé qu'elle n'arrivait pas à glisser dans le trou de la serrure.

— Il ne manquait plus que ça ! pesta-t-elle contre la porte, contre Jacqueline, contre la terre entière.

Alors que ses talons s'enfonçaient dans les cailloux et que la pluie ruisselait dans sa nuque, Sandy s'interposa en l'écartant doucement. Étrangement, entre ses doigts, la clef entra comme un couteau dans du beurre.

— Après vous ! déclara-t-elle fièrement, en tendant le bras devant elle.

Mais Margaux resta figée à se frotter le lobe de l'oreille. Une vague de chaleur venait de la prendre par surprise et lui donnait le vertige. C'était toute la pièce qui tanguait. La commode du salon, le portrait noir et blanc de sa mère, le miroir Louis-Philippe, la cheminée en pierre. Elle se déchaussa à la hâte, puis posa la plante de ses pieds sur le carrelage froid et humide. Et une fois bien ancrée dans le sol, elle ferma les yeux.

— Cette odeur... Sandy, vous sentez ? Je ne l'avais pas oubliée.

Des fragrances multiples qui lui redonnèrent des couleurs. Elle commença à faire le tour de la maison en reniflant bruyamment tout ce qui lui passait sous le nez. Les rideaux en dentelle, les coussins en lin du canapé, la bouteille de rhum vieux, l'hermine empaillée sur le buffet, le bois du piano, la tapisserie du bureau, les livres de la bibliothèque, les fleurs en plastique sur l'appui de fenêtre, les casseroles suspendues dans la cuisine.

— Là, ça sent le beurre… La sauce velours au Grand Marnier. Le thym et le romarin… Le chien mouillé… Et dans les toilettes, c'est fou… il y a encore cette odeur de violette !

— Je crois avoir trouvé ce que vous cherchez, la coupa son assistante en soulevant une boîte en carton posée bien en évidence sur la table du salon. C'est écrit « Pour Margaux et Alexandre », et il y a un ruban rouge tout autour. On dirait que c'est Noël avant l'heure, ajouta-t-elle en souriant.

Rictus qui se décomposa quand sa patronne s'empara du paquet d'un air maussade. Un paquet léger comme une plume avec comme seul contenu : une carte postale. Un peu écornée et froissée. La photo d'un village qui lui rappelait vaguement quelque chose. *Mais quoi ?* Une place pavée, des palmiers, une église jaune et blanche de style colonial. Un décor exotique surplombé d'un ciel bleu azur.

— Trinidad, Cuba, déchiffra-t-elle à haute voix, avant de parcourir les quelques lignes de sa fantasque grand-mère.

« Mes chers enfants, je vous attends.
Tous les jours à 19 h.

Là, sur les marches, entre les deux statues de chien.
Pour trinquer avec un verre de rhum vieux.
Tous les trois, comme au bon vieux temps.
Affectueusement, Jacqueline. »

La jeune femme crispa ses doigts sur le carton et le relut plusieurs fois. En silence, puis de plus en plus fort.

— Eh bien, merci du cadeau ! explosa-t-elle en jetant la carte. Non mais, elle a complètement perdu la tête, ma parole ! À Cuba ? Si elle croit que je n'ai que ça à faire, moi ! Avant Noël, en plus ! Juste la période où j'ai le plus de boulot ! C'est totalement délirant. Dé-li-rant, gémit-elle avant de s'affaisser sur une chaise en enfouissant sa tête dans ses mains. Du rhum… Vous vous rendez compte, à plus de quatre-vingts ans ! Aller se saouler sous les tropiques… Et bien sûr, je devrais trouver cela normal ! Sandy ? Vous qui connaissez les vieux… c'est Alzheimer, vous croyez ?

— Les vieux ? Les personnes âgées, vous voulez dire. Non… Je ne pense pas que ce soit Alzheimer. Son plan est trop bien orchestré.

— Vous avez raison. Si elle avait perdu la tête, elle n'aurait pas été capable de se rappeler cet endroit. Trinidad, elle m'en parle depuis que je suis toute petite. Elle y était partie en stage avec son groupe de salsa. Cela devait durer deux semaines, mais elle y était restée plusieurs mois. Je me souviens que ma mère s'était inquiétée à l'époque, se demandant si elle allait revenir un jour.

— Votre grand-mère, danseuse de salsa ?

— Entre autres… J'avoue qu'elle me fatigue ! soupira Margaux en puisant tout au fond de son sac en quête de son fameux coffret de chocolats.

Cette fois-ci, elle ne réfléchit pas et engouffra le premier qui lui passa sous la main. La ganache à l'infusion de poivre de Jamaïque. Une saveur qu'elle trouva bien à propos et qu'elle voulut garder sur sa langue le plus longtemps possible. Pendant ce temps, Sandy continuait minutieusement à inspecter la boîte.

— Regardez ! Il y a un autre mot à l'intérieur. Il était plié, je ne l'avais pas vu.

— Faites voir !

L'écriture semblait différente. Des pattes de mouche presque illisibles.

« Je crois que Jacqueline a envie de jouer, non ?
Mon numéro : 06…
Appelle-moi.
Alexandre. »

Margaux se mordit la joue.

— Apparemment, il est passé avant moi.

— Qui ? Votre cousin ?

— Alexandre ? Mon cousin ? Non, c'est compliqué.

Sandy la questionna du regard, mais n'obtint rien de plus.

— Vous ne l'appelez pas ?

— Qui ?

— Eh bien, Alexandre !

— Et pourquoi ce serait à moi de le faire ?

— Parce qu'il n'a pas votre numéro, manifestement.

— Ça, c'est sûr ! Je ne lui ai pas parlé depuis… dix ans !

Pourquoi semblait-elle si troublée ? Troublée et énervée ? Ses longs doigts tremblèrent en agrippant le téléphone.

— All… Allô ?… Alexandre ?

— Bonjour, Margaux.

Une voix grave et douce venait de prononcer son prénom. Elle se mordit la joue à nouveau.

— Comment sais-tu que c'est moi ?

— J'attendais ton appel et puis… Ton accent n'a pas changé.

— Mon accent ?

Il marqua un temps avant de lui répondre.

— Le bourgeois des grandes villes… celui qui fait chanter les voyelles.

— Et toi, le cul-terreux qui fait rouler les « r » !

— C'est cela… Je t'écoute, Marrrrgaux.

— Je viens d'arriver à Fréhel.

— Bien… Je pensais que tu avais oublié le chemin.

— Tu ne vas pas t'y mettre ! C'est déjà assez pénible comme ça !

— Pénible ? la coupa-t-il.

— Je veux dire… Le petit jeu de Mamie ne me fait pas rire du tout, gémit-elle.

— Moi non plus.

— C'est vrai ?

— Je suis inquiet pour elle.

— Tu sais quelque chose ?

— Ça se pourrait.

— Je t'écoute.

— Pas au téléphone.
— Pourquoi ?
— Même réponse.
— Tu es toujours aussi perché, Alexandre Jaouen !
— Et toi, toujours aussi pimbêche, Bergamote !
— Berthot ! Mon nom, c'est Berthot ! J'ai fait six heures d'avion et quatre heures de voiture pour entendre ça ?
— Eh bien, tu sais ce qu'il te reste à faire ?
— Non.
— Deux heures de plus !
— Alexandre ! ! Alllexxxandddre !
L'interne venait de lui raccrocher au nez. Pourquoi souriait-il béatement, debout, adossé au mur du couloir des urgences ? Il ne l'avait pas revue depuis longtemps, mais le timbre de sa voix réactivait en lui des automatismes. La taquiner, la faire crier. Le sujet était pourtant grave : la disparition de Jacqueline, sa maladie incurable, mais c'était plus fort que lui. Comme s'ils avaient toujours cinq ans et qu'il avait un secret inavouable. Comme s'il avait envie qu'elle lui coure après.

9

L'amour est dans le pré

Cette fois, c'était Margaux qui avait conduit, sous le regard intrigué de sa passagère. Elle avait suivi l'écran du GPS comme un jeu vidéo, traversé le centre Bretagne en mode automatique, laissé courir ses pensées quelques années en arrière. Loin de la route goudronnée, loin de Paris, Québec, loin des chiffres et des organigrammes. De ces réminiscences d'enfance qui disparaissent dans un coin de la tête et qui resurgissent à la moindre stimulation : une odeur, une image. Là, la voix d'Alexandre. Son timbre avait changé, gagné en assurance, mais sa façon de la provoquer, elle, n'avait pas pris une ride. Au début, Margaux était restée muette, crispée sur son volant ; puis sa langue s'était déliée, comme si le fait de parler l'aidait à fixer ses idées.

— Alexandre a toujours eu le don de me faire tourner en bourrique. Cacher un crabe dans mes chaussures, l'hermine empaillée sous mes draps, mettre du poivre dans mon verre. Tester mes limites jusqu'à ce que je pique une crise…

— Apparemment, il continue, l'avait coupée Sandy, le sourire aux lèvres.

Et quand Margaux avait tourné la tête, surprise par sa remarque, le regard de son assistante avait filé comme les phares des voitures. Qu'entendait-elle par là ? Si pour elle, le fait de crier, jeter son portable et finir la boîte de chocolats, c'était piquer une crise... Alors oui, Alexandre avait réussi son coup. Pourquoi avait-il raccroché si subitement ? Insisté pour qu'elle se déplace ? Il n'avait qu'à venir, lui ! Heureusement que Josette lui avait donné son adresse. L'internat de l'hôpital de Quimper. Tu parles d'une adresse !

— Vous avez raison. Je crois qu'il me fait marcher.

— Ha ha ha ! Courir, vous voulez dire.

Une fois ses derniers patients transmis au collègue de garde, Alexandre n'avait eu qu'une idée en tête : regagner l'internat pour préparer la grande fête du soir. Le tonus de décembre était le plus important de l'année et se devait d'être mémorable. Marie avait choisi comme thème : « L'amour est dans le pré » et transformé la salle de réfectoire en véritable poulailler. Voilà plusieurs jours qu'ils déjeunaient au milieu de la paille et qu'ils cohabitaient avec volailles, lapins et autres animaux en tout genre. Alexandre traversait le couloir des urgences à grands pas, s'imaginant déjà troquer son pyjama blanc contre un déguisement de mouton, quand l'infirmière l'avait coupé dans son élan :

— Avant de partir, tu peux jeter un coup d'œil au box 9 ?

— Aux urgences, on sait quand on arrive, jamais quand on part, avait-il grimacé avant de faire demi-tour.

Penché sur le dos du patient, la tête cernée par les écouteurs de son stéthoscope, il lui avait annoncé :

— Ça siffle… Une belle crise d'asthme. C'est la première fois ?

— Non, mais je viens d'utiliser un nouveau produit. Du décapant. Je voulais nettoyer les joints de faïence de ma salle de bains et j'aurais mieux fait d'utiliser de l'huile de coude… C'est biologique et moins dangereux.

L'huile de coude. L'interne avait souri. Encore une expression de Jacqueline qui s'immisçait dans la conversation. Combien de fois Mme de Pompadour comptait-elle s'incruster aux urgences ? Cette tournure le ramenait quelques années en arrière, quand Margaux s'était mis en tête de nettoyer le cabanon de jardin et qu'elle avait cherché le fameux flacon d'huile de coude dans toute la maison. Il se souvenait du fou rire de Jacqueline, puis de la moue vexée de la fillette. Bergamote. Toujours aussi susceptible ! Son coup de fil était venu égayer sa journée. Combien de temps mettrait-elle pour le retrouver ? Et si elle ne venait pas ? Si elle décidait de le coiffer au poteau et de partir à Cuba avant lui ?

Margaux baissa sa vitre.

— C'est ici, l'internat ?

L'ambulancier, amusé, pointa du doigt le bâtiment d'en face.

— Oui, il y a une fête ce soir, apparemment.

Les deux femmes observèrent, intriguées, les quelques silhouettes qui se dressaient sur le perron. Des ombres clownesques comme échappées d'un carnaval, qui dansaient, buvaient, éclataient de rire. Et ce tracteur qui pétaradait autour d'elles, coursé par un chien. Que faisait-il dans l'enceinte de l'hôpital ?

— Si ça ne vous dérange pas, je préfère vous attendre dans la voiture, grimaça Sandy.

La reine de Saba serra le col de son manteau pour faire obstacle à l'air froid de la nuit et prit son courage à deux mains. Courage vite freiné par la musique assourdissante et l'odeur de sueur et de bière qui emplit ses narines, à peine entrée dans l'enceinte. Elle s'aventura sur la paille, du haut de ses talons aiguilles – à tâtons, comme elle l'aurait fait sur des œufs – et prit soin d'éviter les fientes visqueuses et glissantes qui minaient le sol. Alexandre avait-il vraiment décidé de se payer sa tête ? Et ce décor faisait-il partie du plan ? Un décor cauchemardesque où les poules apeurées frôlaient ses jambes en battant des ailes, où elle dut esquiver un homme – avec un groin à la place du nez – qui se penchait pour l'embrasser.

— Il va me le payer, bredouilla-t-elle entre ses dents.

Droite, au milieu de la pièce, elle le cherchait des yeux. Alexandre. Derrière quel déguisement se cachait-il ? Ce cow-boy à moitié dénudé, accoudé au bar ? Trop petit, trop bronzé. Cette vache normande ? Trop grande. Et ce cochon – le collant – avec sa queue en tire-bouchon ? Trop gros. Elle se mordit les lèvres rien que d'y penser. On lui avait parlé des fêtes de médecine déjantées ; mais là, c'était irréel.

— T'es qui, toi ? l'interpella une chevrette qui passait par là. Le thème, c'est « L'amour est dans le pré », pas « tirée à quatre épingles » ! À moins que tu incarnes l'amour, pas le pré…

En reculant avant que la biquette éméchée lui tombe dans les bras, son talon atterrit sur celui d'un… mouton. Un drôle de mouton, débraillé, à moitié tondu, qui grimaçait, une guitare à la main. Grand mais pas trop, cheveux bruns en bataille, visage fin et barbe de trois jours. Yeux en amande, ivres, brillants.

— Alexandre ? lâcha-t-elle en se frottant le lobe de l'oreille.

Geste sur lequel l'animal s'arrêta avant de plonger son regard dans le sien. De grands yeux façon manga. Un froncement de nez insolent. Bergamote. Pourquoi s'était-elle déguisée elle aussi ? Stricte et apprêtée, les cheveux ligotés sur le haut du crâne. Une Mme de Pompadour des temps modernes.

— Que fais-tu là ?

— Quelle question ! Je suis venue traire une vache.

Une marquise qui sortait les crocs ! À qui il désigna Bertrand, dans son habit de normande noire et blanche.

— Si tu veux du lait, c'est par ici que ça se passe !

— Toujours aussi drôle… Tu m'as demandé de venir, non ?

— Oui, mais… pas dans la seconde.

— Pas dans la seconde ? Je rêve. Si tu crois que j'ai du temps à perdre !… J'ai du travail, moi !

Il balaya la pièce de son bras, d'un air moqueur.

— Moi aussi. Je suis débordé !

Pouvait-il être sérieux une seconde ?

— Bon, maintenant que je suis là, parle-moi de Jacqueline... *Elle se frotta l'oreille à nouveau.* Je t'écoute.

Il porta sa bouteille de bière à la bouche et continua à l'observer par en dessous. Encore ce geste. Pourquoi le troublait-il autant ? L'alcool commençait à brouiller sa vue et ses esprits. Voilà que Madame la marquise voulait discuter sérieusement, là, au milieu de la faune. Comme si c'était le lieu et le moment.

— Jacqueline ? Je ne sais pas grand-chose... Juste qu'elle était différente, ces derniers temps.

— Différente ?

Il hocha les épaules. Aligner deux mots devenait difficile pour lui.

— Fatiguée, affaiblie... J'ai peur qu'elle fasse une bêtise.

— De quel genre ? Tu ne crois quand même pas qu'elle est capable de... *Elle porta la main à sa bouche.*

— Tout ce que je sais, c'est qu'il faut qu'on y aille. On n'a pas trop le choix.

— Et tu peux partir quand ?

— Je te retourne la question.

— Moi ? Impossible... Je devrais être à Québec à l'heure qu'il est, et...

— Elle nous attend tous les deux, je...

— Combien tu veux ? *Il arqua un sourcil, pas bien sûr de la suivre.* Je te paye l'aller-retour, ce n'est pas un problème.

— Tu te moques de moi ?

— L'aller-retour, plus un forfait de deux mille euros pour les frais sur place.

— Non mais, je rêve ! Tu marchandes ? Tu es en train de me prendre pour ton boy ?

— Je n'ai jamais dit ça ! Qu'est-ce que tu veux, alors ?

Le mouton se mit à chanceler à la recherche de son équilibre, puis il se redressa péniblement. Le visage fermé, les yeux plissés, deux fentes sombres dirigées vers elle.

— Margaux Berthot… Dégage !

— Quoi ?

— J'ai dit DÉ-GA-GE !

Et la reine de Saba, qui marchait sur la paille comme sur des œufs, fit le chemin inverse. Le col serré, la gorge aussi.

DEUXIÈME PARTIE

« On est de son enfance
comme on est d'un pays »

Antoine de Saint-Exupéry

10

La mémoire des tartines de chocolat

Margaux n'avait pas réussi à trouver le sommeil, cette nuit-là. Les yeux rivés au plafond de son lit à baldaquin, elle pestait contre la mollesse de son matelas, avec l'impression désagréable de s'y enfoncer comme dans un sable mouvant. Et plus les heures défilaient, plus son souffle se faisait court et sa poitrine serrée.

— Allô, Sandy ? Vous dormez ?... Ah, désolée ! Vous n'auriez pas du Doliprane® ?... Mes douleurs intercostales habituelles... Non, pas la peine d'aller aux urgences. Je risquerais de tomber sur un mouton... Oui, un mouton enragé, vous ne pouvez pas comprendre... À demain. Petit déjeuner à huit heures, ça vous va ?

Détourner son attention. Se concentrer sur autre chose que les battements de son cœur et la tension de ses côtes. Mais comment se raisonner ? Elle enfila son jogging et improvisa une séance Piloxing dans sa chambre. Grâce à une application téléchargée sur son portable, elle suivit le programme de son coach virtuel. Toutes les trente secondes, elle alterna coups de poings chorégraphiés et séries de pompes. Le tout rythmé par les grincements du plancher du vieux manoir. Très vite, les tambourinements énervés de son voisin de chambre l'incitèrent à continuer ses enchaînements au grand air. Munie d'une lampe frontale et d'une bombe anti-agression, elle descendit quatre à quatre le grand escalier en colimaçon. Une sorte de Lara Croft blonde en legging fluo que le réceptionniste regarda passer, médusé, avant de compter ses tours de parc à travers la fenêtre. Soixante-six au total, jusqu'au petit matin. Trottinés, pas chassés, talons-fesses. Entrecoupés d'étirements, gainages et autres positions indéterminées.

Lorsque Margaux rejoignit Sandy près du buffet, les cheveux humides de sa douche et les pommettes encore rouges, la fonction GPS de sa montre indiquait vingt et un kilomètres au compteur.

— Ça va mieux ?

— Oui… Il m'a fallu un semi-marathon pour y voir plus clair !

— Ah, quand même…

— Au fait, je vais devoir encore décaler mon vol pour Québec.

— Un contretemps ?

— Une escale à Cuba.

— Ha ha ha !… C'est bien !

— Je peux savoir pourquoi vous vous réjouissez ? trancha Margaux, sans quitter des yeux sa cuillère.

— Euh, je voulais dire… Votre grand-mère avait l'air d'y tenir.

La patronne haussa les épaules. Pouvait-elle arrêter d'avoir un avis sur tout ? C'était déjà assez compliqué comme ça. Elle détourna ses yeux boudeurs vers le hall d'entrée, et c'est là qu'elle le remarqua. Duffle-coat trop large, pull en laine vert bouteille, jean élimé, chaussures bateau. Le mouton avait manifestement changé de déguisement et se frottait le menton en l'observant. Le même air moqueur et arrogant que la veille. Les cheveux en bataille et les cernes en plus. Elle ne répondit pas à son signe de la main et préféra se concentrer sur son fromage blanc, bien décidée à le transformer en crème fouettée. Ne l'avait-il pas chassée comme une malpropre, hier soir ? Pourquoi venir dans son hôtel ? Et comment avait-il fait pour la trouver ? Elle n'eut même pas à lui poser la question.

— Fou comme tu es prévisible ! J'ai cherché le palace le plus luxueux du coin et te voilà !

— T'es con.

— Ingénieux, tu veux dire… Surtout en me pointant à l'heure du petit déjeuner. Je sens que je vais me régaler !

Sandy gloussa et se leva pour le saluer.

— Je te présente mon assistante, grinça Margaux, agacée par leurs mines amusées.

Alexandre sourit à la petite brune rougissante. Alors comme ça, Madame la marquise voyageait avec une dame de compagnie. La pauvre, ça ne devait pas être drôle tous les jours. Quelques instants plus tard, il revint du buffet avec un plateau rempli à ras bord, avec en son centre une montagne de tartines dégageant une délicieuse odeur de pain grillé. Sous le regard nerveux de Margaux, il s'appliqua à les beurrer une à une en faisant crisser son couteau sur la croûte, puis les saupoudra de chocolat. Un voile qui vint recouvrir la surface comme la poudreuse sur le flanc des montagnes.

— Tu n'as pas perdu tes habitudes, à ce que je vois.

— Non… Mais toi, si ! grimaça-t-il, à la vue de son bol de fruits secs, avant de lui tendre une de ses créations.

Elle s'en empara aussi sec et la croqua à pleines dents. Sans réfléchir. La nuit blanche, les vingt et un kilomètres, la tension qu'elle éprouvait devant lui. Elle finit par s'attaquer à la pile tout entière. Étrange comme certaines saveurs – aussi simples et basiques soient-elles – laissaient leurs empreintes dans la mémoire. Avec une telle charge émotionnelle et affective ! Ce beurre salé impossible à étaler, cette poudre de chocolat noir épaisse et rugueuse. La même que Jacqueline râpait au-dessus de leur tête. Était-ce la fatigue, l'épreuve de ces derniers jours, les nerfs qui lâchaient ? Une vague de chaleur commença à l'envahir, et les larmes embuèrent ses yeux. Pourquoi n'arrivait-elle pas à se maîtriser ? Comment échapper à l'œil narquois du mouton ? Elle baissa la tête et discerna une bague qui brillait au milieu du brouillard. Un anneau fin argenté qu'Alexandre faisait tourner sur son annulaire. Dans un sens, puis dans l'autre. Comme s'il voulait qu'elle le remarque.

— Tu… tu es marié ?

— Fiancé.

— Ah… Parce que ça se pratique encore de nos jours ?

— Bon… Je vous laisse, les interrompit Sandy après s'être raclé la gorge. Je vais réserver vos billets pour Cuba. Quand voulez-vous partir ?

Alexandre interrogea Margaux du regard, avec une satisfaction mêlée d'étonnement.

— Le plus tôt possible, bredouilla-t-elle, mal à l'aise.

Si bien que Sandy insista, contente de son effet :

— Et dois-je vous prendre UN ou DEUX sièges ?

Alexandre regarda alternativement les deux femmes avant de répondre, le sourire aux lèvres :

— Deux… Merci !

Il attendit d'avoir le ventre plein pour parler. Calmement, sérieusement. Sans animosité, sans moqueries. Lui raconta les urgences, Mme de Pompadour, la fausse blessure, les premiers signes de la maladie. Ceux qui commençaient à grignoter, affaiblir le corps de Jacqueline. Avec des mots simples, concis. Sans détour. Une vérité qui – Margaux le comprit – laissait présager le pire. Ses mains se crispèrent sur sa tasse de thé.

— Et pourquoi ne m'a-t-elle rien dit ?

— Je ne sais pas. Elle tenait à ce que ce soit moi qui le fasse… J'ai essayé de t'appeler au travail, rappelle-toi.

Elle ferma les yeux.

— Combien de temps ?… Combien lui reste-t-il ?

— Difficile de prédire… Un an. Peut-être plus. Peut-être moins. *Il avança son bras et effleura ses doigts.* J'ai longuement réfléchi à sa disparition. Au mot qu'elle a laissé… Elle est rusée, Jacqueline, elle a envie qu'on la cherche… Toi et moi. Comme avant… Nos parties de cache-cache interminables.

Margaux s'accrocha à lui. Leurs regards se croisèrent, mêlés d'une complicité et d'une émotion nouvelle.

— On n'a plus cinq ans, Alexandre !

— Justement, Margaux, justement…

11

Les dents du bonheur

Pour Alexandre, le voyage débutait là. Par un Quimper-Paris au volant d'un coupé décapotable avec Madame la marquise « junior » comme copilote. En levant les yeux vers le rétroviseur, il chercha à engager la conversation avec sa dame de compagnie qui tentait de se faire toute petite à l'arrière.

— Alors Sandy, vous nous accompagnez à Cuba ?

— Euh, non… Enfin, sauf si vous le jugez nécessaire…

— Je pense pouvoir endosser le rôle de nounou… Enfin, si vous me confirmez que Bergamote est propre et qu'elle fait ses nuits.

Sandy couvrit sa bouche pour masquer son rire.

— M'énerve pas ! riposta l'intéressée en lui flanquant un coup de coude dans l'épaule. Je peux encore faire marche arrière.

— Marche arrière ? C'est moi qui conduis, je te signale !

Et pas question de laisser le volant, il comptait bien s'amuser tout le trajet ! Rouler décapoté sur la nationale, tester l'accélérateur sur l'autoroute, appuyer sur tous les boutons du tableau de bord et faire vibrer les baffles de sa play-list rock. Comme si la reine de Saba avait besoin d'être ballottée pour trouver le sommeil, ses paupières ne tardèrent pas à s'alourdir et sa bouche à s'entrouvrir en un bâillement suspendu. C'est là qu'elles lui apparurent. Les dents du bonheur. Maintenant qu'elle daignait desserrer les lèvres, Alexandre les retrouvait à nouveau. Un détail enfoui dans sa mémoire. Une expression de Jacqueline – encore une – qui refaisait surface et venait le troubler. Il s'était mis en tête qu'avec une telle dentition, Margaux ne serait jamais malheureuse. Comme si la fente entre ses incisives laissait filer les tempêtes et les chagrins. Et pourtant. Il se rappelait le cimetière Montparnasse. Le jour où il avait réalisé que les expressions des adultes ne voulaient rien dire. Que plus jamais il ne les croirait. Était-elle heureuse aujourd'hui ? Avait-elle réussi à faire son deuil ? À en croire Jacqueline, elle comblait le manque par le travail. Vivait encore chez son père quand elle ne courait pas aux quatre coins du monde. Mais pouvait-il faire confiance à une octogénaire fantasque dont le seul but au crépuscule de sa vie était d'aller danser la salsa ?

La cathédrale de Chartres pointait déjà au loin au milieu des mornes plaines quand Margaux ouvrit un œil. Comment avait-elle pu dormir avec un vacarme pareil ? Son conducteur battait la cadence en accompagnant les vocalises de sa passagère arrière. Une version karaoké de U2 avec des vibratos dans la voix.

Sandy ? Elle se retourna pour s'assurer qu'Alexandre n'avait pris personne d'autre sur la route.

— Eh bien, je ne vous connaissais pas ce talent… *La petite brune serra ses lèvres en rougissant.* Non, continuez, poursuivit Margaux en étirant ses bras au-dessus de sa tête. Il n'y aurait pas une dernière boîte de chocolats à côté de vous sur le siège ? J'ai faim… Ah ! sauvée… De toute façon, faut les manger, ils ne supporteront pas la chaleur des tropiques ! Alexandre, prends-en un.

— C'est un piège ?

— Non, pourquoi ?

Elle songea à Bruno Dubois, l'ingénieur à la carte de visite. Au test qu'elle s'amusait à faire passer à tous ses prétendants. Bizarrement, avec le mouton, elle n'y avait pas pensé. Lequel allait-il choisir ? Était-il capable de la surprendre ?

— Tu veux m'empoisonner, c'est ça ? *Il sourit en écartant l'écrin de son champ de vision.* Là, tu vois, je regarde la route… Mais décris-les-moi, je verrai bien s'il y en a un qui me tente.

Les décrire ? Margaux avait l'habitude de ce genre d'exercice devant ses commerciaux, les gérants de ses magasins, les journalistes, mais pas devant les amateurs comme lui. Elle commença sa tirade habituelle d'une voix chaude et mielleuse. Avec les mots clefs habituels : pur beurre de cacao, sans OGM, arôme naturel, ganache, gianduja.

— Si tu crois me mettre l'eau à la bouche avec tes mots savants, c'est raté. Ce qui m'intéresse, c'est l'histoire qu'ils racontent… Toi qui es tombée dedans à la naissance, tu dois bien avoir des anecdotes, non ?

Margaux resta un moment à observer la boîte posée sur ses genoux. Des anecdotes ? S'il savait, ce damier était un peu comme son tableau de famille, les branches de son arbre généalogique !

— Celui-là en forme d'escargot, mon père l'a créé à mes cinq ans. Je raffolais de ceux qu'on trouve à Noël au pied du sapin. Un praliné tout simple, bien sucré. Il l'a appelé « le petit-gris de Margaux », c'est devenu un classique.

Alexandre hocha la tête en souriant. Il s'en souvenait. C'était son préféré aussi.

— Cette rangée-là est plus récente. Inspirée d'un séjour en Asie, il y a deux ans. Des saveurs étonnantes qui ne laissent pas indifférent. Ici, la douceur du thé vert matcha. Là, le parfum épicé de la fleur d'ylang-ylang, puis celui plus corsé du poivre de Sichuan.

Étrange comme la voix de Margaux avait retrouvé son naturel. Pour une fois, elle ne jouait pas un rôle et semblait sincère. Sa vie était-elle vouée à s'écrire en lettres de chocolat ? Alexandre sourit à cette idée.

— Celui-là, c'est une nouveauté de cette année… Une commande spéciale de ma part. J'avais envie de retrouver un peu de la Bretagne. Les crêpes, la fleur de sel, les éclats de caramel. Un peu de ma grand-mère. D'ailleurs, il porte son nom.

Alexandre tourna la tête, surpris, en lui tendant la paume de sa main.

— Un Jacqueline ? Et c'est maintenant que tu me

le dis ? Fais voir ! Sobre comme visuel pour une Mme de Pompadour !

Il l'engouffra tout entier sans quitter la route des yeux. Une commande spéciale de sa part, avait-elle dit ? Pourquoi vouloir retrouver la Bretagne sans daigner y mettre les pieds ? Il le laissa fondre dans sa bouche. Le plus longtemps possible pour faire durer le plaisir. Et quand Margaux le questionna du regard, soucieuse d'avoir son avis, il haussa les épaules, feignant d'être déçu. Surprenante, cette fille. Jusque-là, il pensait qu'elle avait tout oublié. Gommé de sa mémoire ses souvenirs d'été. Qu'à ses yeux, ils n'avaient aucune importance. Mais ce carré. Ce Jacqueline. Ce mélange de saveurs qui continuait à exciter ses papilles venait de lui prouver le contraire.

Sa tête penchée contre le hublot, la mer de nuages comme oreiller, il la regardait dormir. Comme si la mouche tsé-tsé l'avait piquée encore une fois. Voilà une demi-heure qu'elle avait gobé son Stilnox® et descendu sa coupe de champagne. Qu'elle lui avait sorti, toute fière :

— Le remède le plus efficace contre le décalage horaire ! Tu dors tout le trajet et tu te réveilles comme une fleur au moment de l'atterrissage.

— C'est dangereux de jouer avec les médicaments, avait-il bougonné. Surtout quand tu voyages seule.

Elle avait levé les yeux au ciel d'un air moqueur :

— Eh bien, là, je ne suis pas seule… Enfin, peut-être dois je me méfier de toi ?

Elle s'était endormie à la page cinq de son magazine féminin. Celui qui venait de glisser sur ses genoux et qu'il rangea dans le filet du siège en face d'elle.

L'avion n'avait pas encore franchi les côtes françaises que l'annonce grésilla dans le haut-parleur.

— Y a-t-il un médecin dans l'avion ?

Alexandre attendit quelques secondes. Regarda à droite, puis à gauche. Ricocha sur les dents du bonheur. Se souleva un peu de son siège pour voir si quelqu'un se manifestait à l'avant de l'appareil. Après tout, il n'était qu'un interne. Devait-il vraiment être considéré comme un médecin ? « Aux urgences, on sait quand on arrive, jamais quand on part », se remémora-t-il, de plus en plus nerveux. Mais en fait, on ne part jamais ! Les urgences nous suivent partout ! Un sacerdoce, comme on dit.

Le haut-parleur gémit, avec insistance :

— Je répète… Y a-t-il un médecin dans l'avion ?

Et il se décida – enfin – à lever la main.

12

Le sourire aux haricots noirs

À travers la fenêtre du taxi, le paysage défilait comme une série de cartes postales. Sur la grande avenue du Malecon, les couleurs pastel des maisons coloniales rivalisaient avec le bleu azur de la mer. Le tumulte des rues de La Havane avait cédé la place au calme des campagnes. Le vrombissement des mobylettes et cocos-taxis au lent convoi des vieilles américaines et au trot gracieux des charrettes tractées par des chevaux. Ici, plus de portraits du Che peints sur les pignons d'immeubles, mais des panneaux à la gloire du régime dressés en pleins champs. La tempe posée contre la vitre, Alexandre avait l'impression d'être en apesanteur. Comme lorsqu'il sortait de garde et que la fatigue n'était plus un poids. Au contraire, qu'elle le rendait léger, aérien. Il avait passé les neuf dernières heures au chevet de son malade. Et le chevet d'un Boeing 777 – même en classe affaires – manquait cruellement de moyens humains et matériels ! Il s'était trouvé bien démuni face à ce Cubain sexagénaire, affaissé sur sa tablette, le visage livide et perlant de sueur. Encore plus quand l'hôtesse lui avait apporté, à la hâte, la trousse de secours aussi maigre que son sac de voyage. Sept de tension, une langue rouge et dépapillée, la peau qui restait plissée sous ses doigts, une histoire de gastro-entérite depuis quelques jours. Des signaux qui le mettaient sur la piste de la déshydratation. Mais comment en être certain ? Et s'il faisait un infarctus silencieux ? Sans douleurs ? Comment le savoir sans électrocardiogramme ? Une passagère, infirmière de métier, lui avait proposé de le perfuser, et s'il n'avait pas été à quatre pattes en train d'essayer de soulever les pieds de son patient, il l'aurait embrassée. Des poches de sérum salé – voilà à peu près tout ce que contenait ce kit de survie – qu'ils avaient passées en continu, en se relayant, à bout de bras, pour les maintenir en hauteur. Quand il lui avait annoncé « neuf de tension » comme s'il criait victoire, l'homme avait semblé soulagé et – même la tête en bas – avait commencé à parler. Lorsqu'il s'était présenté au commandant de bord comme un ancien proche de Fidel Castro travaillant dans les relations internationales, qu'il lui avait montré ses médailles, l'excitation générale qui avait suivi avait un peu surpris Alexandre. Que répondre au pilote qui lui demandait s'il devait faire demi-tour ou même accélérer l'appareil ? Rester le plus objectif possible. Un patient – même gradé – reste un patient comme les autres. Il déclina ces propositions et faillit plusieurs fois revenir sur sa décision. Comment être sûr que son état n'allait pas s'aggraver ? Et si c'était le cas, quel sentiment de culpabilité ! Pourquoi lui faire endosser une telle responsabilité ? La décharge d'adrénaline s'était un peu calmée lorsque le tensiomètre avait dépassé la barre des dix, que l'homme avait esquissé un sourire et réclamé à boire. Avant d'entrer dans l'ambulance, il avait tenu à remercier Alexandre. Exigé qu'on lui déroule le tapis rouge à l'aéroport, qu'il passe la douane avant tout le monde, puis soit escorté vers la station de taxis. Cette reconnaissance, à la hauteur de son sentiment d'impuissance et d'inutilité, avait rendu Alexandre extrêmement mal à l'aise. Margaux, elle, qui n'avait pas ouvert l'œil de tout le vol, l'avait suivi, flattée et impressionnée par un tel accueil. Plutôt qu'une Lada moderne et rutilante, Madame la marquise avait pointé du doigt une Chevrolet Bel Air jaune. Celle dont le chauffeur paraissait tout aussi folklorique que la voiture, avec son chapeau de paille et sa grosse moustache noire et fournie.

Ce dernier avait paru surpris quand Alexandre – dans un espagnol impeccable – lui avait indiqué qu'ils se rendaient à Trinidad. Il avait parlementé un bon moment, avec les mains, en tapotant le cadran de sa montre, avant d'accepter la liasse de billets.

— Selon lui, on en a au moins pour quatre heures. Peut-être même cinq avec cette vieille américaine, avait-il traduit à Margaux. Mais il est d'accord pour nous emmener. Il nous propose même de nous loger dans la chambre d'hôtes de sa cousine Dolores, en plein cœur de la ville. Il m'a promis de l'appeler quand on s'arrêtera pour déjeuner.

— Eh bien, c'est pratique de voyager avec toi ! Je peux savoir pourquoi tu parles aussi bien l'espagnol ?

— Ma mère est d'origine andalouse… C'est étrange. Cette langue, je ne la pratique plus depuis des années, mais elle me revient naturellement sans que je fasse l'effort de réfléchir. Et particulièrement quand j'ai un verre dans le nez.

— Pourtant je ne me souviens pas que le mouton m'ait parlé espagnol, l'autre soir, le nargua-t-elle, contente de sa repartie. Et tes parents ? Tu as des nouvelles ?

Son visage s'assombrit.

— Si deux coups de fil par an, c'est avoir des nouvelles, alors oui. À Noël et pour mon anniversaire.

— Ils sont toujours en vadrouille ?

— J'avoue avoir du mal à les suivre. Profs de philo à Paris, éleveurs de chèvres…

— La dernière fois que je les ai vus, ils tenaient une chambre d'hôtes à Fréhel et ils avaient le projet de faire le tour du monde.

— Le concept du woofing, tu connais ? Tu es logé, nourri et en contrepartie, tu travailles dans les fermes, vignobles ou auberges que tu trouves sur ton passage. Pas de projets d'avenir, pas trop de contraintes, une vie de nomade. Au jour le jour. La dernière fois que je les ai eus, ils tondaient des moutons en Nouvelle-Zélande.

— Ha ha ha ! Et à l'époque, ils n'avaient pas souhaité t'emmener dans leurs bagages ?

— Disons que c'est moi qui n'avais pas voulu. À dix ans, j'ai pris conscience qu'à la vitesse à laquelle mes parents se lassaient des choses, ils ne tarderaient pas à se lasser de moi.

— Si jeune ? Je veux dire… Tu avais cette maturité-là ?

Il haussa les épaules, résigné.

— Ça va te sembler dur, ce que je vais dire, mais… avec eux, je me suis souvent demandé si je n'avais pas été échangé à la maternité. Je me suis toujours senti étranger… C'est Jacqueline, ma famille. La vraie. Celle que j'ai choisie.

Margaux plissa les yeux pour lui signifier qu'elle comprenait. Elle avait entendu plusieurs versions de cette histoire, mais la sienne – si juste et sincère – la touchait particulièrement. Elle se souvint comment ce jeune voisin avait gagné le cœur de sa grand-mère. Une affection inconditionnelle et légitime qu'elle avait toujours respectée, sans aucune jalousie. La concernant, les liens du sang lui donnaient un attachement naturel à Jacqueline. Mais le méritait-elle réellement ?

Depuis le petit déjeuner dans son hôtel cinq étoiles où elle avait sifflé toute la pile de tartines et le trajet en voiture où toute sa boîte de chocolats y était passée, la gourmande n'avait pas sorti une seule fois l'application qui comptait les calories. Dans cette auberge de bord de route, elle rognait à pleines mains les cuisses de poulet grillé et s'empiffrait de haricots noirs sans se préoccuper du nombre de kilomètres qu'elle devrait parcourir pour suer tout ce gras. Madame la marquise, qui avait déjà perdu toute notion de diététique, était-elle en train de perdre la raison ? La sauce noire et épaisse colorait ses lèvres en dessinant une petite moustache sur le dessus. Alexandre l'observait avec une pointe d'amusement en délaissant son assiette, jusqu'à ce qu'elle finisse par lever la tête :

— Quoi ?

Il eut un mouvement de recul.

— Rien… Tu as l'air de te régaler !

Ses dents ! Elles étaient noires de sauce. Contraste étonnant avec la blancheur de son chemisier en dentelle. Il se mordit les lèvres pour ne pas sourire.

— Oui, j'avoue que la texture et le visuel rebutent un peu au départ, mais c'est délicieux. Vraiment. Pourquoi tu ris ?

— Pour rien.

Le long des champs de canne à sucre, les ombres des palmiers balayés par le vent s'allongèrent au fur et à mesure que le soleil baissait. Leur chauffeur roulait lentement, sûrement, en évitant les nids-de-poule dans le goudron. Quand ils arrivèrent à Trinidad, un peu après dix-neuf heures, il faisait déjà nuit. Ils reconnurent sans difficulté la Plaza Mayor de la carte postale. Un joli square entouré d'hôtels particuliers et de bougainvillées. Les deux statues de lévriers gisaient bien là, hors du temps. Au-devant desquelles trônait cet escalier. Quatre petites marches désertes. Sans l'ombre d'une grand-mère. Mais cela voulait-il dire quelque chose ? N'étaient-ils pas arrivés en retard au rendez-vous ?

13

L'orchidée qui sentait le chocolat

Longtemps coupée du monde, Trinidad s'était comme endormie depuis l'époque coloniale. Les descendants des riches planteurs de canne à sucre continuaient d'habiter cette petite cité qu'ils conservaient comme un trésor. Et le trésor de Dolores, c'était sa *casa particular*. Sorte de palais caché derrière de discrètes fenêtres à barreaux, où elle accueillait les voyageurs. Ceux qui aimaient s'aventurer hors des sentiers battus et se brasser avec la population locale. Même si, dans le cas de Margaux et d'Alexandre, c'était le hasard des rencontres qui les avait conduits jusqu'ici.

Dès les premiers rayons du soleil, le jeune interne sentit la chaleur étouffante envahir sa chambre et s'empressa d'allumer le ventilateur à côté de son lit. L'authentique horloge accrochée au mur avait suivi les vieux objets de la maison, suspendu le temps et figé ses aiguilles. Il n'avait donc aucune notion de l'heure lorsqu'il ouvrit les volets sur le grand patio cerné de colonnes de pierre. En son centre, une végétation luxuriante semblait avoir poussé les murs. Bananiers, palmiers, hibiscus se serraient dans un carré de terre autour duquel quelques tables étaient dressées pour le petit déjeuner. Dolores aperçut Alexandre et le héla depuis le salon. Perchée sur un escabeau, la maîtresse de maison agitait son plumeau et tentait de dépoussiérer le grand lustre en cristal de Baccarat. Elle lui fit signe de s'approcher et de contourner l'énorme crocodile empaillé à ses pieds. Celui qui décorait la pièce au même titre que les meubles Louis XV et les images pieuses.

— *¡ Él no es malo ! (Il n'est pas méchant.)*

— *¡ Eso espero ! (J'espère.)*

Pourquoi la présence de ce monstre au milieu de la pièce ne l'étonnait pas plus que ça ? Cette vieille poupée assise sur cette chaise se serait animée ou un fantôme aurait surgi de ce vase qu'il aurait trouvé ça normal. Cet endroit n'était pas pittoresque, il était habité ! Une âme qui touchait Alexandre sans qu'il sache pourquoi. Ses origines andalouses, peut-être. Sous le regard amusé de Dolores, il la rejoignit sur son perchoir et entreprit à son tour de frotter les multiples facettes. N'était-ce pas l'occasion de faire plus ample connaissance ? Qu'avait à raconter cette jolie femme ceinturée dans son tablier à fleurs ? Quels secrets renfermait cette maison ? Un autre monstre sous le tapis ? Et comme souvent, au fil des conversations, la médecine le rattrapa. Dolores lui conta ses terribles migraines. Ces coups de tonnerre qui la clouaient au lit. Avait-il déjà entendu parler de ce comprimé « miracle » qui fondait sous la langue ? Celui qu'un jour, un voyageur lui avait donné, qui avait chassé l'orage de son crâne en quelques minutes ? Pourquoi n'arrivait-elle pas à s'en procurer à Cuba ? Quelle injustice ! Quand l'interne promit de lui en envoyer plusieurs boîtes, elle lâcha son plumeau et lui tomba dans les bras.

— *¡ Oh Dios mio ! Muchas gratias !*

C'est le moment que choisit Margaux pour entrer dans la pièce, le visage encore tout ensommeillé.

— Hum ! se racla-t-elle la gorge en enjambant le reptile, sans y prêter attention. Eh bien ! Depuis que tu es arrivé à Cuba, tu fais un drôle d'effet sur les gens ! L'homme dans l'avion, le chauffeur de taxi…

— Jalouse ?

— Un peu.

Elle salua Dolores d'un hochement de tête gêné, espérant qu'elle n'ait rien compris à leur conversation.

Au petit déjeuner, pas de tartines beurrées saupoudrées de chocolat, ni de fruits secs, mais une grande corbeille de fruits exotiques. Ananas, bananes, goyaves, papayes. Tous plus juteux et sucrés les uns que les autres.

— Le chocolat ne te manque pas trop ?

Margaux sourit en portant sa tasse de café brûlante à ses lèvres. C'est vrai, elle n'y avait pas pensé depuis sa sortie de l'avion. Comment songer au travail qui l'attendait et aux fêtes de Noël dans un décor pareil ? Aucun signe de sevrage à l'horizon. Insomnie, irritabilité, tremblements… Non, rien de tout ça.

— J'ai expliqué à Dolores ton métier. La chocolaterie de ton père. Ça l'a beaucoup intéressée… Elle m'a parlé d'un cousin près de Guantanamo – un autre – qui tient une plantation de cacao.

— Oui, je savais qu'ils en cultivaient à Cuba. La prochaine fois, j'aimerais beaucoup y aller.

— La prochaine fois ? *Elle haussa les épaules, elle-même surprise par sa phrase.* Tu sais ce qu'elle m'a appris ?… Qu'il existe tout près d'ici une orchidée qui sent le chocolat. C'est, paraît-il, troublant.

— Des pétales qui sentent le chocolat ? C'est intéressant… Je pourrais peut-être en faire quelque chose. Comme avec la fleur d'ylang-ylang…

— On la trouve à l'état sauvage, ça te dit d'aller voir ?

Elle posa son coude sur la table pour supporter sa tête et se frotta pensivement le lobe de l'oreille.

— Alexandre, soupira-t-elle. Au cas où tu l'aurais oublié, on n'est pas venus ici pour faire du tourisme !

— Et tu comptes faire quoi jusqu'à dix-neuf heures ?

Voilà trente minutes qu'ils étaient assis sur ces marches à regarder les pas nonchalants des passants qui traversaient la place. Cette chaude et humide journée tropicale défilait dans leur tête comme un rêve qu'on aimerait prolonger. Autant d'images qui se télescopaient. La concentration des joueurs de dominos installés à l'avant des maisons, le rire des petits écoliers en uniforme rouge et blanc, le front ridé et serein des brodeuses derrière leurs fenêtres. Puis cette balade en forêt en quête de la fameuse orchidée.

Celle qu'ils avaient cherchée sans jamais la trouver, en s'amusant à renifler toutes les plantes sur leur passage. Les couleurs vives de l'oiseau tocororo aperçu furtivement à travers les feuillages, les lianes qui tombaient des branches comme des cheveux et la cascade au bout du chemin. Celle où Alexandre s'était baigné. Un plouf improvisé, nu comme un ver, sous les gloussements choqués de Madame la marquise.

Dix-neuf coups. La cloche de l'église sonna enfin, et le sourire béat de Margaux s'évanouit dans la nuit.

— Jacqueline nous fait marcher, c'est sûr… Hier, personne. Aujourd'hui, personne… Regarde ces chiens derrière nous, voilà qu'ils se moquent de nous, eux aussi !

Alexandre se retourna, intrigué.

— Tu ne trouves pas qu'ils ressemblent à Nietzsche ? Des lévriers Whippet. Une drôle de coïncidence, non ? Peut-être même un indice.

— Je te dis qu'elle a tout orchestré ! Et crois-moi, Jacqueline a toujours eu le souci du détail… *Elle secoua la tête en le voyant vérifier si un papier n'était pas dissimulé sous une des statues.* En parlant de Nietzsche, tu ne t'es jamais demandé où il était passé ? Elle n'a pas pu l'emmener avec elle à Cuba… Non, vraiment. Il y a quelque chose qui cloche dans cette histoire.

De là, elle attrapa son téléphone, puis attendit le bip à la fin du répondeur :

— Mamie. C'est encore moi… Où te caches-tu, à la fin ? Ce n'est vraiment pas drôle. Je te préviens, si tu n'es pas là dans dix minutes, je prends le premier avion et…

Elle ne finit pas sa phrase. D'un air abattu, ils regardaient tous deux leur écran de téléphone, quand le message s'afficha. En simultané.

« Mes enfants, dites-moi où vous êtes exactement. »

Le même mouvement de recul suivit. À la fois surpris et soulagé de la savoir en vie.

— Ce n'est pas possible, elle se fiche de nous ! Tu réponds ou c'est moi ?

Alexandre balaya sa main pour lui signifier de le faire.

« C'est plutôt à nous de te le demander ! On est à Trinidad et on t'attend ! »

« Parfait ! Pouvez-vous me détailler l'endroit, que je le visualise ? L'ambiance. Les couleurs, le bruit, les odeurs. »

— J'ai l'impression qu'elle veut gagner du temps, murmura Alexandre.

— Réponds-lui… Moi, je craque.

— Je pense qu'il faut rentrer dans son jeu… Ne surtout pas la braquer. On n'obtiendra rien, sinon.

— Comment ?

— Comme ça :

« Chère Jacqueline. Avec Margaux, on passe de superbes vacances. Quelle ville charmante, Trinidad ! Tu avais raison. Notre logeuse, Dolores, nous a fait découvrir cet après-midi un petit coin de paradis. La cascade Salto de Javira. Tu connais ? À dix-neuf heures tapantes, on s'est assis sur les marches de la Plaza Mayor. Comme sur la carte postale. Sauf que les couleurs jaunes ont fait place à la nuit. Les frères de Nietzsche sont toujours là. Face à face. Depuis hier, ils nous regardent et se demandent ce

qu'on fait là. Ils deviennent méfiants et viennent de sortir leurs crocs. Si tu veux mon avis, on ne va pas pouvoir rester très longtemps. Quand peut-on espérer te voir ?»

— J'hallucine, tu es rusé ! approuva-t-elle avant de se renfrogner en découvrant la réponse de Jacqueline.

«Je comprends. Il n'est jamais bon de rester trop longtemps sans bouger. Ce n'est pas la peine de m'attendre. Je vois bien que Margaux trépigne à tes côtés. Elle ne tient plus en place. Pourquoi ne l'emmènes-tu pas danser ?»

Ils la cherchèrent des yeux dans toutes les directions.

«Comment le sais-tu ? Tu nous regardes ?»

«En quelque sorte. Je passe mon temps à vous regarder. Depuis que vous êtes tout petits, je ne peux pas m'en empêcher. Mais là, c'est différent. Une impression d'urgence. Oui, c'est le mot. Je ne pouvais pas vous laisser continuer comme ça… Dansez pour moi, les enfants, dansez !»

— Elle n'est pas là, soupira Alexandre en observant Margaux agresser les touches de son portable :

«Quinze jours que tu ne donnes plus de nouvelles ! Que tu ne réponds plus à ton téléphone ! Où es-tu, à la fin ? ? ?

— Ma chérie, Ce voyage, j'aurais adoré le faire avec vous. Fouler les pavés de Trinidad, sentir le soleil me chauffer la peau, danser la salsa jusqu'au bout de la nuit. Juste une dernière fois. Je garde ma carte postale sur le cœur en pensant à vous. Ce moment, aussi court soit-il, vivez-le pleinement. Pour vous, pour moi aussi. Sincèrement. Votre Mamie-Jacqueline-qui-n'est-pas-partie-plus-loin-que-le-fond-de-son-jardin.»

Alexandre déchiffra le message en même temps que Margaux. *Pas-partie-plus-loin-que-le-fond-de-son-jardin.* Ces mots tournèrent en boucle dans leur tête pendant de longues minutes. Il posa sa main sur son épaule au moment où de fines traînées noires cisaillaient sa mine boudeuse.

— *Game over*, lui murmura-t-il pour la faire sourire.

Mais c'était peine perdue.

14

La salsa du démon

Voilà plus d'une heure qu'ils s'étaient installés sous la pergola. Face à face. Sans se regarder ni même se parler. Qu'ils tournaient leur paille dans de petits bols de terre cuite, perdus dans leurs pensées. Comme si la canchánchara – spécialité locale à base d'eau-de-vie, de miel et de citron vert – s'était transformée en boule de cristal capable de répondre à toutes leurs questions. Des questions devenues plus pressantes et entêtantes depuis les messages de Jacqueline. Pourquoi avoir manigancé ce plan ? Les faire venir tous les deux dans cet endroit reculé ? Là, maintenant. Et qu'entendait-elle par « une impression d'urgence » ? Par « je ne pouvais pas vous laisser continuer » ? Continuer à faire quoi ? Avec elle, les réponses résidaient toujours entre les lignes.

Dans les ruelles sombres de Trinidad, ils avaient marché sans but. Sans savoir où ils allaient, ni même s'ils avaient envie d'y aller. Au détour d'un virage, ils avaient été aimantés par la lumière, la musique et les rires. Leur errance s'était arrêtée dans ce patio au milieu des plantes. Là où la fumée de cigare se mêlait aux rumbas et salsas improvisées par un groupe de musiciens. Où l'on dansait sans complexes, juste pour le plaisir. Certains mieux que d'autres. Où tous s'étaient donné le mot pour faire la fête. Tous sauf deux. Dont les mines tristes se reflétaient à la surface de leur cocktail. Margaux venait de siffler le sien en quelques aspirations et levait déjà la main pour en commander un autre, quand elle décida de rompre le silence :

— Depuis tout ce temps, Mamie est restée cachée dans son cabanon de jardin. Tu réalises ?

— Pas bien, non.

— On plante tout pour elle… On traverse l'océan. Et tout ça pour une mauvaise blague ? Je rêve ! *Alexandre fixait la table d'un air résigné.* Comment fais-tu pour rester de marbre après une telle nouvelle ?

Il redressa la tête et riva son regard morose au sien.

— Je réfléchis.

— À quoi ?

— À toute cette manigance. Au pourquoi du comment… Ce voyage à Cuba n'est qu'un prétexte.

— Un prétexte ? Dans quel but ?

— Casser notre rythme. Nous forcer à prendre le temps. Le temps de se poser, de discuter… Jacqueline veut absolument que l'on se retrouve tous les deux. Et je n'ai pas encore bien compris pourquoi… Pourquoi elle s'inquiète autant pour nous…

Margaux poussa le citron avec sa paille tout au fond de son verre.

— En ce qui te concerne, ça paraît évident… Mais pour moi ?

— Et je peux savoir ce que tu trouves évident ?

— Ton histoire de mariage sur un coup de tête. Cette fille dont tu ne parles jamais… Et cette bague que tu grattes en permanence comme si elle était couverte d'épines… Pas la peine d'aller chercher plus loin, ajouta-t-elle d'un ton péremptoire en prenant une autre gorgée.

— Qu'est-ce que tu racontes ? C'est tout, sauf un coup de tête ! Il n'y a rien de plus planifié ! Si tu connaissais un tant soit peu Hortense, tu le saurais ! Et pourquoi te parler de ma vie ?… Dix ans que tu n'en fais plus partie. Ne t'étonne pas s'il te manque quelques chapitres ! *Elle baissa la tête, surprise et blessée par la véhémence de ses propos, puis aspira d'une traite le reste de son cocktail.* Qu'on me laisse tranquille avec ce mariage, reprit-il plus doucement. Je suis majeur et vacciné !

— Et contre quoi t'es vacciné ?… L'amour ? murmura-t-elle, les lèvres toujours serrées sur sa paille.

— Ça te va bien de dire ça ! Remets-toi un peu en question… Tu n'as pas compris ce qui n'allait pas chez toi ? Ça saute aux yeux pourtant !… Tu as peur ! Voilà ton problème.

— Peur ? N'importe quoi. Et de quoi j'aurais peur ?

— De tout ! Poser tes valises… Rencontrer quelqu'un… Quitter ton père… Du coup, tu donnes l'impression de tourner en rond.

— Et toi, de divaguer ! Laisse mon père en dehors de tout ça, tu veux ?

— En fait, tu crains qu'il te laisse, lui aussi. Comme ta mère…

— C'est Mamie qui t'a parlé de ça ?

— Non, c'est moi. C'est ma théorie.

— Ta théorie ?… C'est toujours la même chose avec les médecins. À vous entendre, on est tous névrosés !

— Alors, dis-moi pourquoi tu n'avais jamais remis les pieds à Fréhel ?

— Je… Je n'avais pas eu… ou plutôt pas pris le temps.

— Faux ! Et tu le sais très bien… Là-bas, Virginie est partout ! Rien n'a changé. Son portrait dans chaque pièce, les murs qui transpirent son odeur. Et sa chambre, à l'étage, restée intacte…

Elle colla ses mains contre ses oreilles.

— Arrête ! Lâche-moi, Alexandre ! hurla-t-elle en se levant d'un bond.

Hors de question de l'écouter plus longtemps. De quel droit la jugeait-il de cette façon ? Elle qui s'escrimait toujours à paraître forte et sûre d'elle en toute circonstance. Pourquoi penser une seconde qu'elle puisse avoir peur ? Et pourquoi vouloir lui faire mal en lui parlant de sa mère ? C'était trop facile ! Trop facile et méchant ! Sur la piste, elle ferma les yeux, se laissant enivrer par la mélodie et par l'eau-de-vie qui commençait à faire son effet. Alexandre l'observa un long moment tourner sur elle-même et zigzaguer entre les danseurs. Ceux qui s'écartaient pour la laisser passer, intrigués par son jeu de jambes de plus en plus chaotique. Pourquoi avoir été si dur avec elle ? L'art de la pousser à bout, depuis toujours ! S'il n'avait pas été si proche de la vérité, elle ne se serait pas énervée comme ça. Lui non plus d'ailleurs, pensa-t-il en se frottant l'annulaire. Alors qu'il la voyait pencher sa tête en arrière en dégageant sa poitrine, entrouvrir la bouche comme si elle manquait d'air, il déglutit avec une étrange sensation dans le bas-ventre. Sensation qu'il tenta de chasser de son esprit. Madame la marquise était encore plus belle et sensuelle quand elle se dévoilait. Sans manières, sans retenue, sans rôle à jouer. Qu'avait Jacqueline derrière la tête en les réunissant à nouveau tous les deux ? Il commençait à avoir une vague idée. Un guet-apens. Voilà ce que c'était. Un guet-apens dans lequel il était en train de tomber. Lorsqu'elle s'approcha de la table pour aspirer à nouveau dans sa paille, un sourire béat fendit son visage. Comme si leur dernière discussion n'avait jamais eu lieu.

— C'est vraiment délicieux. Amer et sucré à la fois… Je me demande ce que ça donnerait avec du chocolat. Une idée à garder… Je vais leur demander un échantillon. Hein, t'en penses quoi ?

— J'en pense qu'on va aller se coucher. Ça vaut mieux.

Elle leva son verre, les yeux mi-clos, et scanda d'une voix un peu hachée :

— Je trinque à la cacachan-chocolat… Non, à la chancaca-chocolat… Euh non, à la canchánchara-chocolat…

— Chut !… Tout le monde te regarde !

— Le premier gêné s'en va, éclata-t-elle de rire.

— Arrête, Margaux…

— T'es vraiment pas drôle ! Allez, viens danser.

— Non, on rentre…

— Alexandre, c'est un ordre ! Un ordre de Mamie, je te signale !… Tu es obligé de danser avec moi ! *Elle le tira par le bras et l'entraîna au milieu de la piste.* Détends-toi ! Tu es tout contracté. Et un, et deux, et trois… Et un, et deux, et trois… Suis-moi. *Elle plaça sa main au creux de son dos et au contact de ses doigts sur sa robe, un frisson le traversa. De tout son long, comme une vague. Encore plus intense que tout à l'heure.* Cambre-toi, laisse-moi une place. Ferme les yeux et écoute la musique… Ne compte pas les temps. C'est moi qui commande !

Elle écarta légèrement sa tête pour en être certaine. Oui, ses yeux avaient bien la couleur du miel. Un miel sombre composé de sucres complexes. Et sa bouche ? L'effet velours d'un bon glaçage. Mais pourquoi avait-elle la manie de tout ramener à la nourriture ? L'audace de l'ivresse lui donna envie d'y goûter. Subitement. Elle enroula ses bras autour de son cou avant qu'il n'ait le temps de réagir et l'embrassa fougueusement en se hissant sur la pointe des pieds.

— Margaux, non, bredouilla-t-il, sans chercher à décoller ses lèvres. Qu'est-ce que tu fais ?

— Allez, Alexandre… Laisse-toi aller. On en a besoin, non ?

— Je ne suis pas une tablette de chocolat, grimaça-t-il en la repoussant, aussi rouge que les fleurs de bougainvillées autour d'eux.

— Ha ha ha ! Qu'est-ce que tu racontes ?… J'en ai envie… Ça va nous détendre.

Les musiciens marquèrent une pause pour apprécier le spectacle. Et sans se soucier des mines amusées dirigées vers eux, elle commença à déboutonner sa chemise. Une gestuelle minutieuse ponctuée de petits « ha ha ha » satisfaits, qui fit pointer le décolleté d'Alexandre jusqu'au nombril. Il se dépêcha de l'entraîner vers la sortie, d'abord en douceur, puis fermement. Comment calmer les ardeurs d'une marquise enragée qui se débattait et poussait de petits cris ? Il n'eut d'autre choix que de la hisser sur son épaule. Avec ses deux ballerines qui lui cognaient le thorax, qui gigotaient dans le vide comme si elles continuaient de danser la salsa. Et une, et deux, et trois…

15

Bye bye, *Sharry Baby*

Alexandre clignait des yeux face à l'écran de l'ordinateur. Les paupières lourdes de fatigue, mais aussi un peu ébloui par cette seule source de lumière qui perçait l'obscurité. Il n'avait pas réussi à trouver le sommeil, cette nuit-là. Trop d'idées se mélangeaient dans sa tête pour qu'il arrive à faire le tri. Hortense, Margaux. Le passé, le présent. Le futur ? Trop compliqué à envisager, le futur. Dans le petit salon, il s'était installé devant l'ordinateur. Celui que Dolores mettait à la disposition de ses hôtes comme un tunnel à traverser le temps. Comme un saut de l'ère coloniale à aujourd'hui. Il avait surfé sur le Net – au gré de ses envies – entre deux coupures d'électricité, parcouru l'histoire de Trinidad, listé les différents rhums cubains, analysé la faune et la flore. Là, au milieu de l'écran, l'orchidée – la fameuse – se dressait avec ses longues tiges ramifiées bardées de pétales. Majestueuse. Avec son nom savant : *Oncidium Sharry Baby.* Une particule en latin qui en impose, suivie d'un nom de star hollywoodienne. Des fleurs décrites comme de petites dames surmontées d'une coiffe tricorne, à la jupe large et aux épaules bouffantes. Des marquises, s'amusa Alexandre en s'étonnant de voir déjà poindre les premiers rayons du soleil à travers la fenêtre. Et en parlant de marquises, il y en avait justement une qui poussait les volets de sa chambre en une série de bâillements pas très distingués. Qui grimaçait en se couvrant les yeux avant de se cacher derrière ses lunettes de soleil. Il la regarda s'installer face à la bananeraie sur une des chaises à bascule qui lui tournaient le dos. Seule dans cette bulle exotique où le pépiement des oiseaux et l'odeur de café participaient au décor.

— Allô, Sandy ?... l'entendit-il prononcer, le téléphone vissé à l'oreille. Oui, tout va bien, merci. Juste un horrible mal de tête. La chaleur sûrement. *Sûrement, pensa-t-il, le sourire aux lèvres, en s'approchant derrière elle.* Pouvez-vous décaler mon vol ? Ce soir, si possible. Ou demain. *Il ralentit avec un serrement dans la poitrine.* C'est compliqué, je vous raconterai. Ma grand-mère est plus difficile à suivre que je ne le croyais... *Au frottement de son pas, Margaux se retourna. Une moue grognon mangée par deux énormes cercles noirs et opaques.* Des vacances ? Vous rigolez, continua-t-elle sans le quitter des yeux. J'ai assez perdu de temps comme ça ! Je n'ai plus aucune raison de rester ici... Oui, un vol direct. Pour Québec ou Montréal. Le premier que vous trouverez... Et rejoignez-moi au plus vite ! Vu le travail qui m'attend là-bas, je vais avoir besoin d'aide.

Elle partit le matin même au milieu des calèches et des vendeurs de chapeaux installés sur le bas-côté.

D'un pas pressé qui détonnait avec la lenteur et la paresse ambiante. Alexandre suivait sa petite valise qui bringuebalait sur les pavés en se demandant comment il pourrait l'arrêter. Un lasso ? Un croche-pied ? Une piqûre pour l'endormir ? Une fausse excuse pour la retenir ? Il y avait dans leurs retrouvailles un goût d'inachevé. Le sentiment qu'ils ne s'étaient pas tout dit. Ou alors pas correctement. Des propos brusques et maladroits guidés par la déception et l'alcool. Et puis ce bouquet final – étonnant et détonnant – qui venait couronner le tout. Cette danse endiablée, ce baiser mal assumé, et pour finir ce porté pas très académique. Non, ils ne pouvaient pas se quitter comme ça. Alexandre retint son bras avant qu'elle lui échappe.

— Excuse-moi pour hier, je ne voulais pas te blesser. J'espère que ton départ précipité n'est pas lié à…

— Alexandre, je te rassure tout de suite : je n'en ai plus aucun souvenir !

— Vraiment ?

— Depuis l'instant où je suis entrée dans ce bar. Plus rien !… *Il plissa les yeux en se frottant le menton comme s'il venait de se raser. Comment la croire ? Pourquoi cet air boudeur depuis le réveil ? Et pourquoi s'empresser de partir ? La repartie lui manquait. Surtout lorsqu'elle ajouta d'un ton détaché* : Pourquoi ? Y a-t-il quelque chose à retenir de cette soirée ?

Sans lui laisser le temps de répondre, elle se hissa pour l'embrasser. Sa joue rebondit contre la sienne. Rapidement. Brusquement. Comme si elle craignait d'être piquée.

— Bon, j'y vais.

— On se revoit quand ? bredouilla-t-il, la gorge serrée. Dans dix ans ?

— Comment ça ? Tu n'as pas prévu de m'inviter à ton mariage ?

Pour la première fois de la journée, elle lui sourit. Un sourire espiègle et provocateur. Ils restèrent à se défier, immobiles, au milieu de la rue. Au milieu de la ville. De Cuba. De la mer des Caraïbes. De l'océan Atlantique. De nulle part. De partout. Quelle importance ! Cette fille venait de refaire surface dans sa vie et de tout chambouler. Et voilà que sa montre la rappela à l'ordre. Une vibration suivie d'une voix énergique et cristalline : « *Hey, Margaux ! Il va falloir penser à bouger ! Rien de tel pour garder la forme.* » Une montre qui parle ? Il ne manquait plus que ça.

— De quoi se mêle-t-elle, celle-là ? s'indigna-t-elle avant de plonger ses yeux dans les siens une dernière fois.

Un regard sincère et profond, comme si elle voulait ancrer son image au fond de ses pupilles.

Alexandre ne chercha pas à décaler son retour. Paisible et nostalgique, l'atmosphère de cet endroit était propice à la réflexion. Il prit l'habitude de flâner dans les rues tôt le matin ou à la nuit tombée quand le flot de touristes se tarissait. Ces hommes, accoudés aux fenêtres, fatigués de ne rien faire, et ces femmes brodant derrière les barreaux, il leur donnait raison. Ce n'était pas leur vie qui tournait au ralenti, mais la sienne qui allait trop vite. Comme un train fou lancé sur des rails. Un train qui ne savait pas où il allait et qui n'avait jamais appris à freiner. Qui tentait – tant bien que mal – de prendre une autre direction que celle de ses parents. Droite, sereine, stable. Et dire que, dans quelques mois, ses études de médecine prendraient fin et qu'il allait se marier. Une étape ? Un terminus ? Avec Hortense sur le quai de la gare ? Et pourquoi pas ? Ces gens se posaient-ils autant de questions ? Il retrouva les marches de la Plaza Mayor et prit le temps d'écrire à Jacqueline. Plusieurs cartes postales par jour. À chacune sa phrase. Aussi énigmatique que la raison de sa venue ici.

« Ici, la canchánchara se boit à la paille.
Ici, le crocodile ouvre sa gueule au milieu du salon.
Ici, les orchidées sentent le chocolat.
Ici, les oiseaux chantent et s'affrontent en duel.
Ici, le cœur des lévriers est en pierre.
Ici, les fauteuils à bascule tournent le dos au soleil.
Ici, le premier gêné s'en va.
Ici. Et ailleurs peut-être ? »

Dolores insista plusieurs fois. Comment pouvait-il rentrer chez lui sans l'avoir vue ? Impossible. Le dernier jour, elle l'accompagna dans cette forêt au pied du massif de l'Escambray. Pas besoin de plan ni de boussole, elle connaissait l'emplacement exact. Une trouée de lumière au milieu des troncs sombres et des feuilles opaques. Elle s'écarta du chemin en pointant du doigt. Là, à quelques mètres, une nuée de petites fleurs rouge et blanc flottaient au-dessus du sol humide, comme des papillons prenant leur envol. Comment – l'autre jour – avaient-ils pu passer à côté sans les remarquer ? Alexandre se pencha et détacha un des pétales. Pas n'importe lequel, la coiffe tricorne de la marquise. Il l'appliqua contre ses narines, puis ferma les yeux. Un envoûtant parfum de chocolat le ramena quelques jours en arrière. Loin. De l'autre côté de l'océan. Entre Quimper et Paris. Au volant d'une voiture décapotable. Le Jacqueline qui fondait sur sa langue.

TROISIÈME PARTIE

La vie,
c'est comme une boîte de chocolats

16

La vie, c'est comme une boîte de chocolats

Alexandre venait d'attraper son sac sur le tapis roulant quand une petite silhouette frêle postée derrière la vitre attira son attention. Jean trop long retroussé sur des baskets en toile rouge, chemise à carreaux encadrée d'un gilet à poches. Madame la marquise « senior » avait manifestement troqué sa robe à froufrous contre une panoplie de baroudeuse. Le jeune homme passa devant elle, feignant de ne pas l'avoir remarquée. Elle, ses yeux vifs tout plissés et son sourire espiègle de petite fille satisfaite de sa bêtise.

— Alexaaandre, l'arrêta-t-elle avec sa canne.

— Jacqueline ? Alors ça, quelle surprise ! Tu as daigné quitter le fond de ton jardin ?... *Il se pencha pour l'embrasser chaleureusement, puis posa ses mains sur ses épaules.* C'est quoi, cette tenue ? Tu pars pour un safari ?

— Ha ha ha ! Non. C'est une astuce pour garder le moral. Me donner l'impression de voyager. On pourrait croire que je reviens de Cuba, moi aussi...

— On pourrait.

— Tu es tout seul ? Margaux n'est pas avec toi ?

— Si, pourquoi ? Je l'ai enfermée dans mon sac… Trop bavarde, elle m'agaçait !

— Sérieusement ? Elle est où ?

— Une mission urgente à Québec. Un cas de vie ou de mort, paraît-il. Une histoire de chocolats, si j'ai bien compris…

— Encore aux quatre coins du monde ! Ma petite-fille ne sait pas se poser, soupira-t-elle d'un air triste et résigné.

Son dos paraissait plus courbé, ses bras plus maigres, et ses tendons pointaient le long de ses mains comme un éventail. Et cette canne. D'où sortait-elle ? Faisait-elle partie du déguisement ? Malheureusement, il avait la réponse.

— Pourquoi me regardes-tu comme ça ?

— Pour rien. *Il tenta de masquer son trouble.* Je me demandais si tu étais contente de toi.

— Je ne vois pas du tout de quoi tu parles !

— Vraiment ?… Tu sais que tes caprices commencent à me coûter cher !

— Vous avez passé du bon temps, au moins ?

— Qu'est-ce que tu espérais avec ton sourire en coin ? Tu crois que je n'ai pas deviné où tu voulais en venir ?

— Ça vous a fait du bien cette petite coupure, non ? Rien de tel pour remettre les idées en ordre.

— Les idées en ordre ? Tu trouvais ma vie en bordel, peut-être ? *Elle se mordit les lèvres.* Avoue-le ! C'est le mariage avec Hortense que t'as du mal à digérer ?

— Avec qui ?

— Arrête !

Il ne chercha pas à en savoir plus. Jacqueline noyait le poisson avec ses réponses évasives. Un poisson visqueux qui lui filait entre les doigts ! Le mariage, était-ce l'unique raison ? Voulait-elle juste le faire réfléchir ? Ou avait-elle une autre idée derrière la tête ? Comme celle de le pousser dans les bras de Margaux. Et pourquoi Margaux, d'ailleurs ? Il ressassa ces questions dans le taxi face au visage impassible et muet de la vieille femme. Depuis qu'il était petit, cette chipie avait pour habitude de le pousser dans ses retranchements. Comme une louve mordille ses petits. Et voilà que son statut de malade la rendait prête à tout, avec l'envie d'aller encore plus loin. Un statut où tout était permis sans qu'il soit possible de lui en vouloir. Pratique !

— Arrêtez-vous là, s'il vous plaît ! ordonna-t-elle au chauffeur. Avant d'aller à la gare Montparnasse, j'aimerais traverser le cimetière.

Braver le froid – même en habits d'été et en chaussures de toile – ne l'effrayait pas. Comme si le sentiment lourd qu'elle y retournait pour la dernière fois suffisait à motiver ses pas. Une fine couche de neige avait recouvert les tombes et effacé les noms. Des rectangles blancs, alignés comme les croix blanches d'un cimetière américain, entre lesquels ils progressaient lentement, accrochés l'un à l'autre. Et malgré le brouillard et la neige, la vieille femme n'eut aucun mal à repérer le bloc de pierre.

— Virginie, soupira-t-elle en dégageant le dessus de la tombe.

Plusieurs petits pots de verre décoraient la stèle. Certains étaient fendus, rayés, d'autres cassés. Elle commença à les frotter un à un.

— Laisse-moi faire, l'arrêta Alexandre, en inspectant leur contenu. *Du sable, des algues, quelques coquillages.* Dommage que tu ne puisses pas ramener la plage entière !

Elle sourit tristement en sortant un autre bocal de son sac. Celui-ci avec de la bruyère séchée et des petits galets.

— À chaque fois, je lui apporte un petit bout de Bretagne. Un peu d'iode et de sel contre le froid, dit-elle, la gorge serrée. Elle est partie trop vite, ma fille. C'est si injuste. Moi, j'ai le temps de tout programmer…

— Un jeu de piste pour tes petits-enfants, par exemple…

— Exactement ! Et d'organiser mon enterrement.

— Tu ne vas quand même pas faire ça ?

— Si ! D'ailleurs, je souhaiterais qu'on disperse mes cendres au fond de mon jardin. Au pied du saule pleureur.

— Et depuis quand y a-t-il un saule pleureur dans ton jardin ?

— Depuis la Sainte-Catherine ! Pour l'instant, il est trop petit, il ne pleure pas encore. Mais ça viendra.

— Il ne manquait plus que ça ! Tu es vraiment impossible !

En s'éloignant de la tombe, elle se retourna plus d'une fois, comme si elle ne supportait pas d'être arrachée à elle.

— Alexandre ? Tu en as déjà diagnostiqué, des cancers du sein ?

— Malheureusement, oui.

— Et des comme le sien ? Si explosifs, si virulents qu'ils n'ont même pas le temps d'être traités ?

— Rarement.

— Personne n'a eu le temps de lui dire au revoir… Même sa propre fille, en vacances à Fréhel. Tu te souviens de cet été-là ? *Il acquiesça en silence.* Margaux en garde les cicatrices. Je ne voudrais pas que tu la juges… Si elle a été dure avec toi, ces derniers jours… capricieuse, exigeante. Si elle t'en a fait voir de toutes les couleurs, je ne voudrais pas que tu croies…

— Je t'arrête tout de suite ! Elle ne s'est pas comportée comme ça. Au contraire…

— Tant mieux. Tu sais, elle lui ressemble tellement.

Une autre marquise, pensa-t-il. C'est là que Jacqueline, toujours agrippée à son bras, accéléra le pas. Comme si c'était elle qui le dirigeait.

— J'aimerais te montrer une autre facette de Margaux, viens.

— Une autre facette ?

— Oui, celle qui sommeille en elle. Que j'aimerais provoquer.

— Et si tu la laissais un peu tranquille ! Avec tout ça, on va réussir à louper notre train !

Elle sourit d'un air malicieux.

Alexandre regarda la devanture de la pâtisserie de la rue Froidevaux, un peu intrigué.

— Le repaire de Margaux, annonça fièrement la chipie.

L'écriteau au-dessus de la vitrine indiquait : « La vie, c'est comme une boîte de chocolats. »

— Cette phrase… Tu n'arrêtais pas de nous la répéter ! On se repassait en boucle ce passage de *Forrest Gump.* Tom Hanks sur son banc… Je m'en souviens comme si c'était hier ! Et je suis certain que Margaux aussi.

— Eh bien, oui. C'est même elle qui a eu l'idée !

— Quoi ? C'est chez elle ? Je veux dire… Cette boutique est à elle ?

— En fait c'est Raphaël, son cousin, qui la tient. Tu te souviens de lui ? Il est venu plusieurs fois à Fréhel.

Alexandre fit tout de suite le lien entre l'enfant de huit ans et l'homme rondouillard et jovial qui venait à leur rencontre.

— Jacqueline ! Quelle surprise ! *Il l'enlaça chaleureusement.* Ça fait longtemps que tu n'es pas venue me voir !… Quelle recette avait-on fait ensemble la dernière fois, déjà ?

— Des toffee squares au chocolat et aux noix !

Raphaël fronça les sourcils en entendant sa voix faible et hachée.

— Bonne mémoire !… Et n'oublie pas que tu m'as promis de m'apprendre ta recette de famille !

— Le kalouga ? Pour cela, j'ai bien peur que tu doives te déplacer jusqu'en Bretagne… Je ne pense pas revenir de sitôt.

Il arrêta son regard sur sa canne.

— Hum… Je prends ça pour une invitation ! *De là, il se tourna vers Alexandre et lui tendit la main.* C'est fou, tu n'as pas changé !… Dommage que Margaux ne soit pas là, elle aurait été tellement contente de te revoir !

Jacqueline acquiesça d'un air satisfait ; et Alexandre, mal à l'aise, commença à faire le tour de la pièce. Une curiosité qui poussa Raphaël à lui présenter la maison. Il y avait deux ans, quand il avait quitté son poste de chef pâtissier dans un grand restaurant pour monter son affaire, il s'était senti un peu perdu. La fibre commerciale de la famille, c'était Margaux. Et sans avoir besoin de le lui demander, elle avait pris les choses en main. Rédigé le business plan, listé les fournisseurs, puis financé le projet. D'après elle, ce nouveau concept de salon de thé s'inscrivait parfaitement dans le projet de développement de la chocolaterie familiale, permettant de toucher un autre public, tout en démocratisant, désacralisant le chocolat. Ce n'est pas lui qui l'aurait contredit.

— Et comme elle ne s'arrête jamais, elle aimerait qu'on crée d'autres salons dans toute l'Europe. Elle a déjà un sacré carnet d'adresses avec ses boutiques de chocolats. « *Life is like a box of chocolates… Das Leben ist wie eine Schachtel Pralinen… Livet är som en chokladask… La vita è come una scatola di cioccolatini…* »

— Un projet ambitieux.

— Oui, j'avoue avoir du mal à la suivre, parfois.

Lui aussi ? Alexandre réfréna un sourire. Il s'apprêtait déjà à le saluer et à entraîner Jacqueline vers la sortie quand le mur d'en face attira son attention. Une multitude d'ardoises constellaient l'espace, comme les bulles d'une bande dessinée. Toutes reprenaient la fameuse phrase : « La vie, c'est comme une boîte de chocolats... », et les visiteurs avaient la possibilité d'y inscrire leur propre fin en laissant libre cours à leur imagination. Et de l'imagination, ils n'en manquaient pas ! Régulièrement, Raphaël les effaçait pour que de nouvelles voient le jour. Toutes, à part deux qui restaient gravées au-dessus du comptoir. La sienne, pragmatique : « ... Si vous ne vous servez pas, c'est moi qui vais les manger ! », et celle de Forrest Gump, plus frileuse : « ... On ne sait jamais sur quoi on va tomber. »

— J'aime beaucoup celle-là, déclara Alexandre en pointant du doigt : « ... C'est l'amer qui fait apprécier le sucre. Xavier Brébion ».

— Trop masochiste ! s'indigna Jacqueline. Moi, je préfère celle-là : « Quel que soit le problème, le chocolat est toujours la solution. »

— Ha ha ha ! Ça ne m'étonne pas !

Raphaël s'interposa en leur présentant ses cupcakes du jour enrobés de papier doré et surmontés de billes de toutes les couleurs.

— Servez-vous !

— C'est gentil, mais on est pressés.

— Tous les deux, vous ne partirez pas d'ici avant d'avoir écrit sur l'ardoise ! Je ne dirai rien à Margaux, j'attendrai de voir si elle reconnaît votre signature.

— Et sa réplique à elle ? Où est-elle ? l'interrogea Jacqueline.

— La sienne ? Elle la cherche toujours, soupira-t-il d'un air complice et triste à la fois.

La vieille femme s'empara de la craie. La sienne, elle l'avait déjà, et Alexandre aurait pu l'écrire lui aussi tant il l'avait entendue :

« La vie, c'est comme une boîte de chocolats… alors, pourquoi se priver ? Croquez-la à pleines dents ! »

Une volonté de fer, un optimisme hors pair, un côté épicurien qui l'aidait à surmonter les épreuves de la vie. Du Jacqueline tout craché. Et lui ? Quelle était sa fin ? Quelle était sa philosophie ? Il fut plus hésitant. Ses chocolats à lui, pas question de les croquer. Il se devait de les faire exister, les savourer. Comme s'il avait besoin de leur donner du sens. Il laissa courir sa main en s'imaginant Margaux entrer dans le salon de thé et découvrir son message. Un message qu'elle seule serait capable de décoder.

17

Le rouleau de printemps

Les couloirs de l'aéroport étaient déserts et les boutiques fermées à cette heure avancée de la nuit. Margaux errait avec sa petite valise à roulettes, cherchant vainement un moyen de troquer sa robe d'été et ses ballerines contre des vêtements fourrés. Si bien organisée d'habitude, pourquoi n'avait-elle pas anticipé ce changement de climat ? Et Sandy, pourquoi n'y avait-elle pas pensé en préparant ses affaires ? Tout laissait à désirer. Comme l'absence de comité d'accueil derrière la vitre. Personne à faire le pied de grue avec une pancarte à son nom ni un sac de rechange. Pas même un chauffeur de taxi. Le haut-parleur au-dessus de sa tête mit fin à ses interrogations :

— En raison d'une tempête de neige, nous avons le regret de vous annoncer que vous ne pourrez pas rejoindre la ville de Québec. Jusqu'à nouvel ordre, toutes les routes sont fermées. Pour de plus amples informations, merci de vous adresser au comptoir…

Le sort s'acharnait. Elle allait rester coincée là toute la nuit et geler sur place. Impossible de faire un pas de plus. Était-ce le froid, la peur ou le sentiment de solitude qui la paralysait ? Elle se recroquevilla sur un banc et attendit qu'on vienne la secourir. Qu'attendait-elle au juste ? Un carrosse ? Une civière ? Un grizzly ? Son téléphone se mit à vibrer contre sa poitrine comme par enchantement :

— Sandy ?... Vous tombez bien ! Vous êtes déjà au courant pour la tempête de neige ? Le taxi vous a prévenue ? Je fais comment, alors ? Je suis frigorifiée, j'ai faim et je suis morte de fatigue... Me renseigner ? Où ?... Non, je... Je ne peux pas bouger... Je préfère vous attendre... Oui, vous attendre sur un banc... Vous arrivez quand avec Papa ? Demain soir ? Si tard ?... Je n'y arriverai pas sans vous... Je n'arrive à rien de toute façon ! Non, je ne pleure pas, je grelotte. C'est différent !... Que dites-vous ? Que vous allez trouver une solution ? J'espère, Sandy... J'espère... Faites vite !... Ah, au fait, Sandy ?... Répondez franchement. Vous me trouvez autoritaire ?... Détestable ?... Et est-ce que je vous ai déjà donné l'impression d'avoir peur ?... C'est sincère ? À très vite, Sandy...

D'un revers de main, elle chassa les larmes qui perlaient au coin de ses yeux, puis remarqua un grand roulcau de plastique posé à ses pieds. Il était mis à la disposition des voyageurs pour protéger leurs bagages. En tirant dessus, elle se demanda si c'était bien la seule de ses fonctions. Ne pouvait-il pas l'isoler de ce monde glacial ? La texture était douce, soyeuse. Et avec l'électricité statique, le film venait se coller à elle comme une double peau. Elle commença à s'enrouler comme dans une couverture. Des tours bien serrés qu'elle superposa autour de ses chevilles en remontant jusqu'au cou, en veillant bien à ne rien laisser dépasser. La marquise, ainsi transformée en rouleau de printemps, ferma les yeux et patienta. Une phrase de Jacqueline lui revint à l'esprit : « Après la nuit sombre, la fin lumineuse. » Une fin inéluctable qui viendrait à elle sans qu'elle cherche à la provoquer. Serait-elle si lumineuse ?

Au lever du jour, les bras en croix dans son lit « king size », Margaux avait déjà oublié l'angoisse de la veille. La lumière avait jailli au moment où un employé était venu l'accoster pour la conduire dans un des hôtels de l'aéroport.

— Tabarnouche ! s'était-il écrié avec une voix d'outre-tombe en découvrant le rouleau de printemps frigorifié sur son banc.

Il l'avait frictionnée pour qu'elle reprenne des couleurs, l'avait recouverte de son manteau, puis transportée tout emballée dans sa voiturette. Une fois reposée, réchauffée et libérée de sa cellophane, Margaux avait retrouvé ses esprits et ses exigences. Une nouvelle garde-robe fourrée et matelassée venait de lui être livrée dans sa chambre, suivie d'un copieux petit déjeuner. Des pancakes au sirop d'érable, accompagnés – à sa demande – d'une montagne de tartines beurrées avec un voile de chocolat. Sitôt les routes déneigées, elle monta dans le premier taxi pour rejoindre la boutique de la rue Saint-Jean. Plus que deux jours pour finaliser les préparatifs avant son inauguration. Comment allait-elle faire en si peu de temps ? Elle eut la surprise de constater, en arrivant sur place, que tout était déjà prêt : les affichages, les étagères, la déco. Le gérant s'excusait même de ne pas avoir fini le flocage de la devanture :

— Il manque juste la tête de caribou et quelques flocons près de la porte.

— Et sinon ? Je n'ai plus rien à faire ? s'offusqua Margaux.

L'homme prit la question comme un compliment.

— On a bien travaillé, n'est-ce pas ? Reste à installer les produits dans les vitrines. Le meilleur pour la fin ! Pendant ce temps-là, *tu veux-tu* faire une promenade en raquettes dans les plaines d'Abraham ? Profiter du soleil et du calme après la tempête ?

N'était-ce pas une façon déguisée de l'écarter ? Il s'était déjà passé d'elle jusque-là, et maintenant il l'envoyait balader ! Habilement et gentiment. En la tutoyant, par-dessus le marché ! La patronne fit comme si elle n'avait rien entendu et se mit à déballer les cartons elle-même, en sifflotant ostensiblement. Elle dressa les boîtes et les coffrets dans les étagères, puis enfila des gants en caoutchouc pour placer les chocolats et les macarons devant leurs étiquettes respectives. Et gare à celui qui aurait pris l'initiative de le faire à sa place ! Quand elle accueillit son père le soir même, il fut impressionné et ému de découvrir la minutie de la mise en place. Copie conforme de celle du faubourg

Saint-Honoré. Il félicita tous les employés en leur serrant la main, puis termina par sa fille, à qui il tapota pudiquement les épaules plutôt que de l'embrasser.

— Et Sandy ? Où est-elle ?

— Je lui ai donné quelques jours de congés.

— Maintenant ? Je croyais que…

— Margaux, c'est Noël, au cas où tu l'aurais oublié ! Elle a bien le droit de passer les fêtes en famille !

La marquise haussa les épaules d'une moue contrariée. Une famille ? Depuis qu'elle travaillait à ses côtés, Sandy avait su se rendre indispensable. Une présence qui la rassurait. Une force tranquille. Mais qui étaitelle réellement ? Elle s'en voulut de n'avoir jamais pris la peine de l'interroger. À force de se focaliser sur son travail, elle avait tendance à oublier qu'on puisse avoir une vie à côté. Pourquoi ne lui avait-elle pas dit qu'elle désirait rester ? Sans doute pour ne pas l'inquiéter. Noël. Voilà plusieurs années qu'elle ne le fêtait plus. Depuis la mort de sa mère, rentrer dans une église lui était impossible. Et à quoi bon s'offrir des cadeaux quand on ne croyait plus au père Noël ? Elle se demanda ce qu'avait bien pu penser Sandy en l'entendant perdre ses moyens, la veille au soir ? S'en était-elle réellement rendu compte ? Une telle peur panique, c'était la première fois que cela lui arrivait. Un tel sentiment de vulnérabilité. Et si Alexandre avait raison ? Si elle n'était pas si infaillible que ça ? À cette idée, un frisson la parcourut ; et elle s'efforça de sourire pour masquer son trouble.

Le jour de l'inauguration, Didier Berthot, vêtu de sa veste blanche bien repassée, surmontée d'un col bleu-blanc-rouge, se plia sans broncher à tous les exercices. Shooting matinal pour un magazine local, déjeuner avec le maire, conférence à l'université Laval, et pour finir : un cocktail dans sa boutique, où il coupa fièrement le cordon rouge signant son ouverture. Jouer les stars était devenu monnaie courante pour le maître chocolatier. En plus d'avoir su sublimer son art, en inspirant et influençant les codes du chocolat d'aujourd'hui, il était devenu un grand orateur au fil des années. Il avait appris à transmettre sa passion en captivant les foules. Rien qu'à l'entendre, on sentait ses créations fondre sur la langue, les arômes exploser en bouche. Comme un feu d'artifice. Une palette de couleurs aux nuances infinies. Même si Margaux avait l'impression qu'il racontait toujours les mêmes choses, elle était consciente de l'aura qu'il dégageait et de l'admiration des gens à son égard. Et au Québec, l'accueil était particulièrement chaleureux. La maison Berthot incarnait l'art du chocolat à la française, un des fleurons du patrimoine et du savoir-faire, au même titre que la haute couture, la joaillerie, la parfumerie et les vins.

Jusqu'au soir du 21 décembre, le magasin ne désemplit pas. Tout Québec voulait sa boîte au pied du sapin. Margaux et son père, qui avaient enchaîné les représentations sans avoir eu le temps de visiter la ville ni les alentours, rentreraient à Paris dès le lendemain. Ils retrouveraient leur immeuble haussmannien et leur appartement trop grand pour eux. Celui dont les pièces à la décoration minimaliste paraissaient si vides et impersonnelles. Celui que Margaux fuyait dès qu'elle en avait l'occasion. Ils s'apprêtaient à dîner en tête à tête dans le restaurant gastronomique du Château Frontenac. Et le grand chef était en retard, comme à son habitude. Elle l'attendait accoudée au bar, dans sa robe de soirée échancrée jusqu'à mi-cuisse. Le barman la mangeait des yeux et attendait qu'elle veuille bien lever la tête de son téléphone. Ce qu'elle fit, quelques minutes plus tard :

— Bonsoir, mademoiselle... Laissez-moi deviner : un cocktail Alexandra !

— Ah, bonsoir. Bonne mémoire ! Bravo.

— En fait, je me rappelle surtout la reine, moins le cocktail... Besoin d'un remontant ?

Elle opina du chef en souriant et replaça une de ses mèches blondes derrière son oreille.

— Mais cette fois, je l'aimerais sans alcool. J'ai pas mal abusé, ces derniers temps.

— Vous êtes sûre ? Il ne restera plus que le cacao et la crème fraîche... À moins que votre remontant soit le chocolat !

— Ha ha ha !... Oui, parfaitement ! Vous avez tout compris !

— Et un deuxième avec cognac, s'il vous plaît ! ajouta Didier Berthot en s'asseyant à ses côtés. *Il la toisa d'un air suspicieux.* Alors comme ça, tu as trop bu à Cuba ? Du rhum vieux ? Des mojitos ? Dis-moi tout ! *Elle baissa la tête.* Parle-moi de ton voyage. C'était bien ? Je te trouve bien mystérieuse à ce sujet.

— Mystérieuse ?

— Oui, tu ne m'en as même pas parlé. Je l'ai appris par Sandy avant de partir. Et depuis, tu sembles soucieuse, pensive. J'ai l'impression que cette expérience ne t'a pas laissée indifférente.

— Je me suis décidée au dernier moment, bredouilla-t-elle. Avec Alexandre…

— Alexandre, tiens donc ! s'exclama-t-il, moqueur, en lui donnant un coup de coude.

— Laisse-moi parler, tu veux ? Tous les deux, on pensait y retrouver Mamie, mais en fait…

Elle chercha ses mots en se frottant le lobe de l'oreille.

— Mais en fait ? répéta-t-il.

— Elle n'y était pas. Elle est malade, paraît-il.

— Qui vous a fait croire qu'elle était à Cuba, alors ?

— Elle.

— Je n'y comprends rien ! Elle perd la tête ?

— Je ne sais pas. Il faut que j'aille la voir… En rentrant, j'irai à Fréhel. C'est décidé, j'y resterai jusqu'au Nouvel An.

Didier Berthot fronça les sourcils.

— Si longtemps ? Et notre gala de charité ?

— Tu iras sans moi… *Elle sourit, l'observant faire la moue comme un gamin.* Dis-moi… Pourquoi n'es-tu jamais retourné en Bretagne depuis tout ce temps ?

— En Bretagne ? Pourquoi ? Jacqueline vient toujours nous voir…

— Pour les souvenirs…

Il trempa ses lèvres dans son cocktail, puis soupira :

— On n'avance pas avec les souvenirs.

— Es-tu bien sûr de ça ? Pourquoi ne parles-tu jamais de Maman ?… Pas une photo dans la maison, pas un objet pour nous la rappeler, pas une allusion. Jamais.

— Hey ! Ce sont des reproches ?

— Des interrogations seulement.

— Eh bien, je te retourne la question. Pour les mêmes raisons que toi, j'imagine… C'est douloureux. Et puis, j'ai peur que ça te fasse mal.

— Mal à moi… ou à toi ?

Il siffla son verre cul sec avant de se tourner vers elle, la mine grave.

— J'y pense tout le temps, tu sais.

Margaux posa sa main sur la sienne et déglutit.

— Moi aussi… *Ils se regardèrent longuement – comme jamais ils ne l'avaient fait – en essayant de lire tout au fond de leurs pupilles.* Alors, arrêtons de faire semblant du contraire, d'accord ?

— D'accord, répondit-il d'une voix enrouée.

18

Qui ne se plante pas ne pousse jamais

À l'approche de Noël, les urgences ne désemplissaient pas. Le virus de la grippe anéantissait les plus faibles, et les infections pulmonaires foisonnaient dans les box. Cinq gardes en une semaine. Pour Alexandre, les vacances à Cuba avaient un prix. Le prix du labeur. Un rythme effréné qui l'empêchait de penser à l'après. Un après incertain où s'annonçaient des moments heureux et des plus douloureux. Comment allait-il conjuguer en même temps : maladie de Jacqueline, mariage, fin d'internat et préparation de thèse ? Comme si l'insouciance de l'étudiant s'étiolait peu à peu pour définitivement disparaître. Parfois, il pensait à adopter la politique de l'autruche : enfouir sa tête dans le sable à l'abri du danger et attendre que l'année future se passe.

— Alexandre ? C'est à quelle heure ta réunion, déjà ?

Au petit déjeuner, la présidente l'avait interpellé en lui tapant dans le dos énergiquement, juste au moment où il portait sa cuillère de céréales à la bouche. Une explosion de pétales soufflés plus tard, il avait pris un malin plaisir à lui postillonner la réponse à la figure. Pas de politique de l'autruche aujourd'hui. À vingt heures précises, sur l'estrade de la grande salle de l'internat, Alexandre réunirait ses collègues et entrerait dans le vif du sujet de sa thèse. Analyser auprès des internes la pertinence et l'utilité d'échanges autour de cas médicaux difficiles. Chacun devrait exposer aux autres un moment où il s'était retrouvé en difficulté, s'était senti impuissant, déstabilisé. Si cela se déroulait comme prévu – et si chacun voulait bien revenir –, il organiserait une réunion par mois jusqu'en mai. Car Alexandre en était persuadé, ces moments permettraient de renforcer la cohésion du groupe, de se sentir moins seul face à certaines situations, d'apprendre des erreurs des autres, de reconnaître ses failles et ses faiblesses. De rester humble. Et Dieu sait s'il fallait le rester dans ce métier ! Avec cette thèse, il allait le prouver. Le titre qu'il lui avait donné, il n'était pas allé le chercher très loin : « Qui ne se plante pas ne pousse jamais. » Ce proverbe collait parfaitement au propos. Celui tant répété par sa grand-mère, qui tournait en boucle dans sa tête depuis que ce patient l'avait ravivé à sa mémoire.

Sur le papier, cela semblait simple à organiser et à animer. Et pourtant, tout ne se passa pas exactement comme il l'avait prévu. Au début, personne ne voulut prendre la parole. Un peu d'appréhension peut-être. D'amour-propre. De gêne. Puis l'heure du psychodrame arriva et tomba sur l'assistance comme une chape de plomb. Dès l'instant où Bertrand entra en scène et raconta, à fleur de peau, comment un enfant de deux ans était mort en ingérant une cacahouète. Comment il s'était démené sans pouvoir le sauver. Et comment – après ça – il s'était senti anéanti, chaviré, marqué à jamais. À tel point qu'il avait cru arrêter la médecine. Le silence engloutit la pièce ; et le maître de cérémonie, les yeux humides, tenta de faire baisser la tension d'un cran. Mission que Marie voulut relever sans que personne le lui demande. L'interne de gynécologie monta sur l'estrade et raconta, goguenarde, la fois où elle s'était trompée de diagnostic. Où elle avait annoncé à une femme qu'elle était enceinte de deux mois, alors qu'elle lui avait fait l'annonce inverse quelques semaines auparavant. Un cas absolument pas drôle pour la patiente qui – a priori – n'était pas sûre de vouloir garder l'enfant. Pas drôle du tout quand l'assemblée réalisa que la femme en question n'était autre que Marie-Lou, leur collègue neurologue. Celle qui venait de se lever d'un air blessé en se tenant le ventre.

— Aïe, aïe, aïe. J'ai fait une grosse gaffe ! grimaça la présidente, en prenant Alexandre à part à la fin de la séance.

— Non, sans blague ?

— Moi qui avais fait exprès de ne pas révéler son nom… Je jure que je n'avais pas vu que Matthieu, son ami, était dans la salle. Tu crois qu'il a… Enfin, que tout le monde a compris ?

— Disons que vos échanges de regards, puis sa fuite en courant ont été plus qu'explicites.

Elle se dirigea vers l'entrée et enfila son manteau.

— Ça te dit d'aller boire un verre en ville ? J'ai besoin de décompresser.

— Ça tombe bien, moi aussi !

Marie avait beau être la pire des bavardes et des gaffeuses – celle à qui il ne fallait jamais confier de secret –, la moins discrète des voisines, la plus collante des collègues, sa franchise était inégalable et ses intentions toujours bonnes. Étrangement, il avait confiance en elle. Et depuis qu'il était à Quimper, c'était avec elle qu'il passait le plus clair de son temps. En oubliant la différence de sexe. Ils trinquèrent en cognant virilement leur chope de bière et trempèrent leurs lèvres dans la mousse épaisse.

— Mon pote, je ne te le dirai jamais assez. Il est géant, ton sujet de thèse ! Une grande idée, ces réunions ! Y a pas à dire, tu relèves le niveau ! Ça ne fait pas de mal, une soirée intello à l'internat, entre le cours de zumba et l'entraînement de badminton... En plus, les cas de ce soir étaient vraiment intéressants.

— Tu veux dire, à part ta prestation désastreuse ?

— Oui, bon, ça va. J'ai compris... Je sais que je vais devoir ramer auprès de Marie-Lou... Et Matthieu, n'en parlons pas ! Pourvu que je ne le croise pas de sitôt... En fait, tu sais qu'elle est contente finalement ?

— Qui ?

— Eh bien, Marie-Lou.

— Euh, là j'en doute.

— Si, je te jure... Il va juste falloir qu'elle l'explique à Matthieu, mais je te jure qu'elle le désire, son bébé. Peut-être qu'un jour, elle me remerciera.

— Marie, tu es incorrigible.

Elle lui sourit d'un air malicieux.

— Alexandre, approche. *Quand il pencha sa tête, elle agrippa son menton et plongea ses yeux perçants dans les siens.* Je te donne la palme. Celle du mec le plus étonnant que je connaisse !

— Je ne sais pas comment je dois le prendre.

— Comme une déclaration d'amour… D'une fille pas bien sûre de son orientation sexuelle. Pas bien sûre à cet instant précis. *Elle l'embrassa furtivement sur la bouche, puis éclata d'un rire tonitruant.* Crois-moi : si cette pimbêche n'arrive pas à te rendre heureux, elle aura affaire à moi !

Il se mordit les lèvres en rougissant et se demanda, l'espace d'une seconde, à quelle pimbêche elle faisait référence. Sous la table, il ne put s'empêcher de tourner sa bague plusieurs fois autour de son doigt. *Satanées fourmis !*

19

Vieillir, c'est savoir se détendre

En cette douce matinée d'hiver, la lumière rasante projetait les ombres sur le sable. Trois portraits chinois gracieux et élancés qui faisaient bloc, progressant lentement le long du rivage. Jacqueline, ceinturée dans son long manteau en tweed, s'extasiait devant le ballet des tournepierres. Petits oiseaux aux pattes orange qui retournaient les laisses de mer à marée descendante. À ses côtés, Alexandre, presque aussi longiligne que son ombre, soutenait la vieille femme, veillant à ce que ses pieds ne s'enfoncent pas dans le sol meuble et humide. Autour d'eux, le lévrier perché sur ses longues pattes s'amusait à courser les volatiles et semblait léger, aérien.

En se réveillant, Jacqueline n'avait eu qu'une idée en tête : une balade philosophique sur la plage des Sables-d'Or en compagnie de Nietzsche. Un plaisir qu'elle ne pouvait plus s'offrir seule depuis qu'elle était malade. Ce bras qui la supportait – à la fois fort et prévenant – n'était-ce pas le plus beau des cadeaux de Noël ?

— Excellent, ce sujet de thèse, mon garçon, déclara-t-elle, admirative, en marquant une pause pour reprendre sa respiration. Vraiment excellent.

— C'est drôle, quand on y pense : une de tes phrases fétiches m'a inspiré le titre. Tout comme Margaux, le nom de sa pâtisserie. Tu peux être fière de l'influence que tu as sur nous.

— Je le suis !… Et le chocolat qui porte mon nom, en l'honneur de mes crêpes, tu l'as goûté ?

— En ton honneur, tu veux dire !… Le Jacqueline ? Je l'adore.

Elle sourit d'un air satisfait, en reprenant la marche.

— Je suis contente que tu me parles de Margaux. Des similitudes entre tes choix et les siens.

— Et c'est pour ça que tu as voulu nous réunir ? *Son menton disparut dans son foulard.* Je n'ai toujours pas compris le but de ton plan machiavélique, figure-toi !

— Dès le premier été où tes parents ont emménagé à Fréhel, tu avais quoi… cinq ans ?… un lien s'est établi entre vous. Une attraction forte. Je l'ai senti tout de suite. En ta compagnie, Margaux était moins capricieuse, plus posée… Et toi, plus sûr de toi, plus souriant.

— Jacqueline. Désolé de te décevoir, mais à cinq ans, je n'avais d'yeux que pour ma poule. Tu te rappelles, la grosse rousse qui me suivait partout ?

— Ha ha ha ! Oui, c'est vrai. Comment s'appelait-elle, déjà ?

— Opo. Comme poule au pot… J'étais le seul à ne pas avoir compris le jeu de mots.

— Eh bien, détrompe-toi. Margaux a tout de suite détrôné ta poule ! Dès l'instant où elle a débarqué de la capitale pour les vacances. *Il fit la moue.* Quelques jours plus tard, tu te jetais à l'eau sans bouée, croyant qu'elle était en train de se noyer. Tu te souviens ? Tu as coulé à pic, et j'ai bien cru que j'allais te perdre.

— Je l'ai assez entendue, cette histoire !

— Non, justement. Peut-être pas assez, soupira-t-elle avant de lever la tête et de planter son regard dans le sien. Tu sais, Alexandre, ce proverbe : « Qui ne se plante pas ne pousse jamais », je crains que tu n'exploites pas tous ses sens… C'est dommage. Ton jury pourrait te le reprocher.

— Comment ça ?

— Certes, il faut se tromper pour grandir. Et cela vaut autant dans ton métier que dans ta vie personnelle ! Mais, d'après moi, l'essentiel est ailleurs. *Elle s'arrêta et donna des petits coups avec sa canne pour l'enfoncer dans le sable.* Mon garçon, il faut se planter dans la terre. Comme un arbre… Étendre ses racines pour pousser.

— Pourquoi tu me dis ça ?

— Parce que Margaux et toi, vous me donnez parfois l'impression de pousser trop vite sans prendre le temps de vous enraciner. Comme des peupliers… À la prochaine tempête, vous risquez de tomber.

— Dis donc, je comprends pourquoi tu parlais de balade philosophique… Arrête de t'inquiéter pour nous. Tu m'embrouilles avec tes images.

— Ha ha ha ! Je savais que tu répondrais ça… On rentre ? Je commence à avoir un peu froid.

Chaque année, le même rituel. Et pourtant. Ce réveillon de Noël au coin du feu paraissait plus triste que d'habitude. Alexandre n'arrivait pas à s'enlever de la tête que c'était le dernier. Il mit moins d'entrain à ouvrir les deux douzaines d'huîtres de la baie de la Fresnaye – les meilleures du monde selon Jacqueline –, prit moins de plaisir à les déguster. Surtout quand, face à lui, la vieille femme manquait de s'étrangler à chaque bouchée. Après chaque quinte de toux, elle lui décochait un de ces sourires inquiets et coupables qui lui fendait le cœur. Pourquoi s'évertuer à vouloir trinquer entre chaque plat ? Au cidre brut en plus, pas au champagne. Cherchait-elle à conjurer le sort ? Pensait-elle qu'en multipliant les vœux, elle atténuerait les peines de l'année suivante ? Alexandre pâlissait à chaque « Joyeux Noël, Alexandre ! À toutes les promesses que t'annonce cette nouvelle année… »

Lui, n'avait pas de souhaits à faire en retour. Tantôt il se frottait le menton avec le plat de la main, tantôt se grattait l'annulaire. Jacqueline feignait de ne pas remarquer son malaise. Elle s'efforça de masquer sa fatigue et de cuisiner, elle-même, le reste du repas. Un plat de coquilles Saint-Jacques d'Erquy préparées en aller-retour, suivi d'un kalouga. Traditionnel gâteau, à mi-chemin entre le fondant et la crème au chocolat, une recette qu'elle tenait de sa grand-mère. D'un combat de cuillères, ils s'apprêtaient à l'attaquer à même le plat, quand la sonnerie du portable imposa une courte pause à leur festin :

— Joyeux Noël, fiston !

À l'écran, deux bouteilles de bière se cognèrent pour laisser place aux visages de ses parents, burinés par le soleil. Des visages éblouis, aux yeux si plissés qu'on ne discernait même pas leurs pupilles.

— Joyeux Noël, bredouilla-t-il sans conviction.

Quel sens avait cette intrusion de quelques minutes dans sa vie ? Aucun. Voilà plusieurs années qu'il n'avait plus rien à leur dire. Des banalités, la pluie et le beau temps. Comme s'il mettait un point d'honneur à leur cacher les faits importants de sa vie. Le mariage, sa thèse, la maladie de Jacqueline. À quoi bon les mettre au courant ? Leur vie était ailleurs, dans un espace-temps à mille lieues du sien. Ils ne pouvaient pas comprendre. Toute réaction de leur part serait malvenue. Qui étaient-ils pour lui ? Ses racines ? Celles dont parlait Jacqueline ? Impossible. Pas ces deux étrangers béats dont la conversation futile tournait en boucle avant de s'éteindre dans d'interminables éclats de rire.

— Bye bye, fiston !

Il resta silencieux un moment, à regarder dans le vide. À réfléchir à l'impact qu'avaient sur lui ces coups de fil express deux fois l'an.

— Ne fais pas cette tête-là ! Ils sont heureux comme ça.

— Je sais. Leur persévérance à garder contact me fait plutôt sourire.

— Alors, pourquoi sembles-tu préoccupé depuis tout à l'heure ?... *Il haussa les épaules.* Et si on trinquait avant d'attaquer le kalouga ? Attrape-moi la bouteille de rhum vieux dans l'armoire.

— À l'avenir qui s'ouvre à nous ! dit-elle en levant son verre.

Voilà qu'elle remettait ça ! Pouvait-elle arrêter de faire comme si de rien n'était ?

— Cette année qui, pour moi, sera sans doute la dernière, insista-t-elle en sondant son regard.

— Ne dis pas ça !

— Et pourquoi pas ? Si je l'aborde avec paix et sérénité. Et encore plus, avec un coup dans le nez !

— Comment peux-tu rire ?

— Mon garçon... Il faut te faire une raison : je suis vieille. Et vieillir, c'est savoir se détendre. Et je ne parle pas uniquement de ma peau qui se met à plisser. Ha ha ha ! Un conseil : fais comme moi ! *Elle lui pinça la joue.* Détends-toi et profite de l'instant présent. Et justement, si tu me faisais danser ?

Elle se leva péniblement en prenant appui sur sa canne pour aller mettre la musique. Des crampes lui brûlèrent les mollets, mais elle ne grimaça pas. Dans ses chaussures, elle tenta discrètement de relever ses orteils pour faire passer la douleur. Ne pas la laisser gagner. Pas maintenant. Elle lui fit signe d'approcher et leva sa main droite en l'air. Aussi haut que ses muscles pouvaient l'amener. Un geste digne d'une danseuse de salsa attendant son partenaire.

Et une, et deux, et trois. Dans les bras d'Alexandre, pas besoin de savoir marcher pour danser. Il ne la dirigeait pas, il la portait. Pourrait il la porter encore longtemps comme ça ? Quand ses jambes ne la commanderaient plus ? D'un coup, elle se sentait si légère. Comme une plume. Si au moins elle pouvait s'envoler de cette manière.

20

Le sanctuaire

— Tabernouche !

Raphaël leva le nez de son gâteau et surprit sa cousine sur le pas de la porte. Après-skis, grosse doudoune, toque en fourrure. On aurait dit qu'elle revenait du pôle Nord.

— Tabernouche ? Ça veut dire quoi ?

Elle sauta dans ses bras après avoir vérifié l'état de son tablier.

— Je ne sais pas trop. C'est québécois. Que je suis contente de te voir ! Tu as préparé tes affaires ?

— À peine sortie de l'avion, et tu veux déjà repartir ? Tu n'es pas fatiguée ?

— Avec le décalage horaire, pour moi c'est le matin ! Si on roule bien, on devrait arriver à Fréhel vers vingt heures. Sandy nous attend dans la voiture, elle s'est garée devant en double file.

— Sandy ?

Elle se mordit les lèvres et hésita un instant avant de répondre :

— Mon... amie.

— Margaux… Pourquoi tu n'assumes pas ? Je sais très bien que c'est ta secrétaire !

— Mon assistante.

— Et tu trouves ça normal de l'inviter chez ta grand-mère au réveillon du Nouvel An ?

— Elle est cool, tu vas v…

Le sourire espiègle de Margaux s'évanouit brusquement. Sur le mur, deux messages venaient d'attirer son attention. Raphaël avait pris soin de les mettre bien en évidence en effaçant tous les autres. Elle s'avança et laissa glisser ses doigts sur la surface froide et rugueuse de l'ardoise. Quand étaient-ils venus tous les deux ? Et pourquoi Jacqueline avait-elle tenu à l'amener ici ? Sa main suivit la phrase qu'elle connaissait par cœur. Celle qui était trop longue pour tenir en entier sur la devanture du magasin. « La vie… Pourquoi se priver ? Croquez-la à pleines dents ! » Une sorte de leitmotiv qui résonnait souvent à son esprit sans qu'elle parvienne à l'appliquer réellement. Et puis, il y avait cette autre signature. Ces mots à la fois mystérieux et poétiques. Eux, elle ne les avait jamais entendus. Et pourtant, c'était comme si la craie les avait écrits pour elle. Comme un secret qu'elle seule pouvait décoder. Enfin presque. Qu'y avait-il entre les lignes ? Que voulait dire cette dernière phrase ? Lui avait-on déjà exprimé quelque chose d'aussi sincère ? Sincère et beau. Une vague de frissons traversa son corps, alors qu'elle murmurait :

« La vie, c'est comme une boîte de chocolats. À chaque saveur, son histoire. Des histoires qui s'imbriquent et qui ne laissent pas indifférent. Comme des empreintes. Ma préférée a un goût de canchánchara sur des pas de salsa. »

Quand elle se retourna, elle vit Raphaël qui l'observait, satisfait de son effet de surprise, et changea tout de suite d'expression.

— Je savais que ça te clouerait le bec ! On n'y comprend rien, mais c'est canon. Tu te rappelles Alex…

— Bon, tu viens ? soupira-t-elle. Elles sont où tes valises, que je charge la voiture pendant que tu fermes la boutique ?

Ne pas laisser l'émotion la gagner. Ne pas pleurer en embrassant Jacqueline. Ne pas lui montrer son étonnement. Ne pas lui dire bonjour comme on dirait au revoir. Ne pas la faire tomber en arrière en l'enlaçant. Ne pas lui faire mal en la serrant trop fort. Ne pas s'attarder sur le relief saillant de ses os. Sur ses joues creuses. La profondeur de ses orbites. Ne pas faire de commentaires. Sur sa canne, sur son étrange accent. Sourire, pour faire diversion et masquer les signaux de détresse.

— Venez. Je vais vous faire visiter la maison !

Feignant de ne pas remarquer le trouble de sa petite-fille, Jacqueline embarqua Sandy et Raphaël avec elle, pendant que Margaux se laissait tomber sur le canapé. Engoncée dans sa tenue polaire, elle serrait son sac contre sa poitrine, réfrénant l'envie de partir en courant. *Ne pas paniquer*, pensa-t-elle. *Opération « rouleau de printemps », sans bouger, le temps que le malaise passe. Inspirer, souffler, relâcher les épaules.*

Nietzsche vint poser son museau sur ses genoux en l'implorant du regard. Un regard triste et coupable. Comme le sien. Pourquoi avait-elle mis autant de temps à venir la voir ? À se rendre compte que Jacqueline avait besoin d'elle ? Était-elle si égoïste que ça ? Si déconnectée de la réalité ? Était-ce elle qui n'avait rien voulu entendre, ou Alexandre qui avait minimisé le tableau ? Dans quel but ? La ménager ? Les oreilles du chien se dressèrent comme s'il avait son avis sur la question. Quand elle pencha la tête, il reproduisit son geste en miroir.

— Hein, Nietzsche ?… Qu'est-ce que t'en penses ? T'es d'accord ?

Il aboya une fois – un bruit sourd comme un éternuement –, et elle le caressa, reconnaissante. *Toujours donner raison à un philosophe !* conclut-elle, amusée et un peu plus détendue, tout en appuyant sa tête contre l'assise moelleuse. La pièce avait été décorée pour les fêtes, c'est maintenant qu'elle le remarquait. La crèche avait trouvé sa place sur le buffet et le petit Jésus, dans le berceau. Jacqueline n'était peut-être pas croyante, mais elle n'aurait jamais commencé une nouvelle année sans installer amoureusement le nouveau-né potelé au milieu de la paille. C'était comme s'embrasser sous une boule de gui. Un devoir immanquable qui faisait partie du folklore. Comme ces guirlandes qui couraient le long des murs de pierre… Qui avait pu les accrocher ? Pas elle, quand même ! Et cet épicéa qui touchait le plafond ? À son pied, quelques cadeaux attendaient encore qu'on vienne les chercher. Un en particulier. Qui n'avait pas besoin d'étiquette pour qu'elle comprenne qu'il lui était destiné. Emballée dans du papier transparent, une orchidée constellée de petites fleurs blanc et violet diffusait son odeur dans tout le salon. Elle se pencha de plus près. Son parfum était étonnant. Une gousse de vanille enveloppée de chocolat. Comment ne pas l'avoir senti plus tôt ? Elle ferma les yeux en souriant. À se demander combien de surprises Alexandre allait encore lui réserver.

— C'est pour toi, commenta la vieille femme qui revenait de la cuisine en boitillant.

— Je sais.

— Tous les deux, vous avez vos petits secrets, apparemment, sourit-elle d'une moue complice.

Une moue qui – étrangement – se propagea sur le visage de ses deux acolytes.

— Apparemment, répéta Margaux d'un ton neutre. Il est dans les parages ?

— Non, dommage. Il vient de partir…

— Dommage, insista lourdement Raphaël, les mains sur les hanches.

— Il a laissé cette plante, persuadé que tu viendrais. Je ne le croyais pas et…

— Eh bien, tu vois ! Je suis là, dit-elle, la gorge nouée.

— Alors, pourquoi tu n'enlèves pas ton manteau ?

Cette voix nasillarde. À chaque fois qu'elle l'entendait, un coup de poignard frappait sa poitrine. Margaux resta un instant à observer sa grand-mère – si différente, si troublante – avant de se diriger vers le portemanteau.

— Et si tu allais installer tes affaires dans la chambre

de Virginie ? continua-t-elle dans son dos, alors que ses doigts se crispèrent sur le tissu.

Virginie. La dernière fois que quelqu'un avait prononcé son prénom, elle s'était couvert les oreilles. Trop brutal, trop personnel, trop intime. Et si Alexandre avait raison ? Si elle avait gardé cette pièce intacte à l'étage ? Comme un sanctuaire ? Elle tressaillit.

— Merci. C'est gentil. J'ai réservé trois chambres près de la plage des Sables d'Or.

— Comment ça ? La maison est assez grande ! Tu ne vas quand même pas me faire l'affront de dormir à l'hôtel ?

— Je ne voulais pas te fatiguer… D'autant plus qu'on est nombreux.

— Ma maison n'est plus assez classe pour…

— Pas de problème ! intervint Sandy sans laisser le temps à Margaux de répondre. Tout est de ma faute. Une mauvaise habitude… Je vais tout de suite annuler la réservation !

La patronne et la grand-mère restèrent muettes à se sonder du regard. Un duel de pupilles se demandant qui allait céder. Quand Margaux monta l'escalier, sa petite valise à la main, elle n'eut aucun mal à imaginer le sourire victorieux et soulagé qui pointait dans son dos. La poignée en porcelaine tourna dans le vide avant qu'elle comprenne que la porte ne fermait plus, qu'il fallait juste la pousser. Ses yeux clignèrent pour diminuer l'effet. Comme le berceau du petit Jésus dans la crèche, tout était resté à sa place. La mosaïque de photos sur le vieux papier peint jauni où rayonnait ce sourire espiègle dont elle avait hérité. Ces meubles, ces objets, ces tapis avaient laissé leur empreinte. Une empreinte qui éveille les sens. Comme une piqûre de rappel pour se dire qu'on n'a rien oublié. Même les murs transpiraient son odeur. Une touche de jasmin et de patchouli qui l'enivrait et la suivait encore. Comment arriverait-elle à trouver le sommeil dans un décor pareil ? Rien qu'à l'idée de s'allonger sur ce lit, elle en avait la nausée. Elle se laissa glisser contre le mur et finit sa course le front plaqué sur ses genoux.

En bas, le trio commençait à s'affairer dans la cuisine. Raphaël s'extasiait devant les casseroles en cuivre qui pendaient au mur. Sandy riait à ses blagues et lui proposait de jouer les commis. Jacqueline, aux anges, leur demandait d'attraper le Saint-Graal placé tout en haut de l'étagère. Son carnet de recettes transmis de mère en fille contenant le savant mélange écrit à la plume.

— Ah ! Je vais enfin découvrir ce fameux kalouga !

Et pendant ce temps, Margaux pleurait. Des larmes chaudes qui inondaient son pantalon. Plus de sourire crispé, plus de self-control, plus de respirer-souffler-relâcher les épaules. Seule face à son passé, les vannes pouvaient céder. Un lâcher-prise que, pour une fois, elle ne cherchait pas à retenir. Entre ces murs, comme nulle part ailleurs, le manque la rattrapait. La submergeait. Il devenait cruel et oppressant. Profondément injuste. Pourquoi ne s'était-elle jamais autorisée à pleurer ? Pourquoi l'avoir refoulé ? N'était-ce pas un trésor, cet héritage ? Un trésor dont Jacqueline était devenue la gardienne, la messagère. Un peu comme pour la recette de kalouga. Celle dont elle donnait les dernières instructions :

— La cuisson au bain-marie. Voilà la clef de la réussite ! Juste trois quarts d'heure, pas plus.

D'un revers de main, Margaux balaya les coulées noires laissées sur ses joues. Voilà pourquoi sa grand-mère était venue la chercher et l'avait rappelée à l'ordre. Tout était plus clair maintenant. Elle se sentit plus légère en refermant la porte et les souvenirs derrière elle. La piqûre de rappel. Serait-elle moins douloureuse si elle se faisait petit à petit ? Demain peut-être. Ou un autre jour.

21

L'overdose de chocolat

— Allô… Alexandre ? Je pense qu'il y a un problème avec Nietzsche.

— Bonne année, Margaux !

— Euh, oui… Bonne année… Je te dérange ?

— À sept heures du mat', un 1er janvier ? Non, pas du tout. Pourquoi ? *L'interne s'assit sur son lit, puis se frotta le menton avec le plat de la main.* J'ai passé la nuit aux urgences et je venais juste de fermer l'œil. Les transmissions sont dans une heure…

— Ah, désolée.

— Je suis content de t'entendre.

— Moi aussi, bredouilla-t-elle en se mordant l'intérieur de la joue. Au fait, merci pour l'orchidée ! Finalement, tu as réussi à la trouver ?

— Oui, grâce à Dolores… Elle te plaît ?

— Beaucoup, mais…

— Mais quoi ?

— Je ne t'ai rien apporté.

— Si, un mal de crâne pour m'avoir réveillé !… Alors, ce pauvre Nietzsche ? Que lui arrive-t-il ?

— Eh bien, je dormais dans le canapé et…

— Dans le canapé ?

— Oui, je sais… Surtout ne dis rien à Mamie. Elle n'est pas au courant… Une histoire d'allergie aux acariens.

— Allergique, toi ? C'est nouveau.

Elle réfléchit un instant en se frottant le lobe de l'oreille.

— Bref, j'ai été réveillée par de drôles de ronflements. Le chien. J'ai beau le remuer, il ne veut pas bouger.

— Et ?… Au cas où tu ne serais pas au courant, ce sont les humains que je soigne ! Je ne suis pas vétérinaire !

— Alexandre… Sérieusement. Je viens de me rendre compte qu'il avait fini le kalouga…

— Le veinard !

— Le chocolat est toxique pour les chiens. Tu savais ? Il contient de la théobromine, un alcaloïde puissant. Je viens de regarder sur Internet. Et vu la quantité ingérée, la dose serait létale !

— Une overdose de chocolat ?

— Arrête de plaisanter, Alexandre ! S'il lui arrivait quelque chose, Mamie ne s'en remettrait pas. Déjà qu'elle est si… Elle est si… Enfin, tu vois !

— Pas de panique, Bergamote !

Elle leva les yeux au ciel.

— Margaux ! Moi, c'est Margaux.

— BER-GA-MO-TE… Si tu venais plus souvent, tu saurais qu'après chaque repas, c'est toujours la même chose. Chez Jacqueline, pas besoin de lave-vaisselle, c'est le chien qui nettoie les assiettes. Alors forcément, si vous laissez traîner le meilleur…

— Et il y a quelque chose à faire ? Un antidote à lui donner ?

— Si quelqu'un avait inventé l'anti-chocolat, ça se saurait, non ?

— Et le remède contre la mauvaise humeur, quelqu'un l'a inventé ?

Il sourit.

— J'ai bien une méthode. Elle est très personnelle, et je ne crois pas qu'il y ait des études à l'appui.

— Je suis preneuse.

— Si tu veux que Jacqueline n'y voie que du feu. Que Nietzsche soit en pleine forme quand elle se réveille… Alors, il n'y a qu'une seule chose à faire…

La brume marine douce et revigorante vaporisait l'air et le visage de Margaux. Sur la plage au pied des falaises, pas un promeneur. Pas un bateau à l'horizon. Pas un souffle de vent. Une mer d'huile et opaque comme un lac dont elle s'apprêtait à rompre la tranquillité. Ce paysage, c'était comme la chambre au premier étage. Un lieu habité par les souvenirs. Un lieu sauvage et nostalgique qui la remuait de l'intérieur. En fermant les yeux, elle avait l'impression de les entendre : leurs rires d'enfants autour du barrage de sable. Celui censé gagner contre la marée montante, qu'ils rafistolaient à grands coups de pelle à chaque assaut de vague. Celui qui – sous leurs cris de guerriers – perdait à chaque fois, emporté par la mer.

Pourquoi ce décor – comme nulle part ailleurs – lui paraissait si authentique ? Le revoir, c'était comme approcher une vérité, démêler un nœud, résoudre un problème. Un retour essentiel, elle en était maintenant convaincue.

Après avoir raccroché, Margaux avait suivi les traînées brunes sur le plancher. Un chemin sinueux laissé par les léchouilles d'un chien gourmand et complètement inconscient. Elle s'était accroupie pour caresser son flanc chaud et poussif. Aucune réaction. Nietzsche allait-il mourir de gourmandise ? Quand elle avait saisi la laisse sur le portemanteau, le lévrier gisant devant la cheminée avait enfin daigné ouvrir l'œil. Sa respiration était devenue moins rapide, moins superficielle, et la jeune femme avait commencé à croire à la méthode « Alexandre ». Elle avait d'abord fait tinter l'objet pour motiver l'animal, puis s'était mise à danser sur le paillasson, en désespoir de cause. Le dormeur avait bâillé bruyamment, indifférent à sa chorégraphie, avant de se laisser porter lourdement jusqu'à la voiture.

Sur le sable, voilà qu'il restait assis sans bouger, la tête inclinée sur le côté, à l'observer avec la même expression. Triste et coupable. N'étaient-ce pas les premiers signes de guérison ? Avait-il suffisamment de mémoire pour se souvenir du festin d'hier soir ou était-ce son expression habituelle ? Des questions métaphysiques qu'elle ne s'était jamais posées. Et maintenant que l'animal semblait sorti d'affaire, était-elle vraiment obligée de suivre les conseils d'Alexandre ? Forte du sentiment que l'année devait commencer avec courage, générosité et bienveillance, elle décida d'aller jusqu'au bout. Par-dessus ses vêtements, elle enfila la panoplie de plongée trouvée dans le garage. Une combinaison taille L et des chaussons en néoprène pointure 44. Si bien que ce n'est pas une plongeuse qui affronta l'eau glacée, mais une sorte de pingouin, avec des plis sur tout le corps comme s'il avait maigri trop vite. Elle sautilla sur place pour se donner du courage. Était-ce vraiment une bonne idée de garder son pull en dessous ? Les mailles étaient en train de gonfler comme une éponge. Jusqu'où devait-elle aller ? La taille, le cou ? L'interne ne l'avait pas précisé. Ne pas forcer le chien, avait-il insisté. L'inviter à se baigner en lui faisant de grands signes. D'après lui, le poison du chocolat – la fameuse théobromine – était thermosensible. À l'inverse des vives, il fallait de l'eau froide pour le faire disparaître. Pour ranimer l'animal. Et chez les humains, l'effet était-il valable ? Margaux ne s'était jamais sentie aussi bien réveillée !

— Tu n'as quand même pas cru une histoire pareille ? s'indigna Jacqueline en la voyant revenir en grelottant.

La jeune femme ruisselante s'enroula dans le plaid qui recouvrait le canapé, puis resta prostrée en position « rouleau de printemps ». Était-elle si abracadabrante, cette théorie ? Et pourquoi Alexandre l'aurait-il inventée ? Il semblait si sûr de lui. Une porte grinça à l'étage, Sandy et Raphael apparurent enfin en haut de l'escalier, les joues roses, les cheveux en bataille et une complicité nouvelle dans les yeux. Détails que les deux femmes ne remarquèrent pas, trop occupées à observer le chien courir dans tous les sens et slalomer entre les meubles.

— Mais enfin, ma chérie ! Nietzsche fait toujours la grasse matinée ! Il n'a pas l'habitude d'ouvrir l'œil avant neuf heures. Parfois dix. Qu'est-ce que tu crois ? On a notre petit rythme de patachons, tous les deux. Notre train-train quotidien. Normal qu'il ronfle après un bon repas. *Elle s'approcha pour le caresser.* Le pauvre ! Se faire bousculer aux aurores…

Margaux ne réagit pas. Elle comprenait mieux pourquoi l'animal n'avait pas voulu la rejoindre. Pourquoi il avait juste immergé ses pattes dans quelques centimètres d'eau et avait entrepris d'aboyer dans sa direction pour la faire revenir. Quand elle s'était mise à agiter ses bras, crier plus fort, ce n'était pas lui qu'elle avait attiré, mais le garde-côte qui passait par là. Celui qui avait ordonné au pingouin de sortir de l'eau en hurlant dans son mégaphone.

— Tiens ! Du thé bien chaud ! Ça te fera du bien, intervint Sandy en lui tendant une tasse fumante.

Depuis combien de temps son assistante la tutoyait ? Ça lui parut comme une évidence, et elle se surprit à aimer cela. En posant ses doigts sur la porcelaine, elle sentit la chaleur se diffuser dans tout son corps. Quelles étaient les bonnes résolutions de l'année ? Se lier d'amitié avec Sandy. Revenir à Fréhel. S'occuper de Jacqueline. Laisser le chien tranquille. Manger du kalouga plus souvent. Faire des soirées gâteaux avec Raphaël. Sa devise ? C'était quoi, déjà ?

Courage, générosité et bienveillance ? Ou naïveté, bêtise et humiliation ? Avec Alexandre, ils n'avaient plus cinq ans. Et pourtant, rien n'avait changé. Le bougre continuait à la faire marcher. Une déclaration d'amour, un jour. Des fleurs, un autre. Et là, il avait décidé de la ridiculiser. Pour le plaisir. Quand allait-il arrêter de jouer ?

— Alors, cousine ? Le premier bain de l'année... Ça compte devenir une habitude ?

Le pingouin, transformé en éponge mouillée, aurait pu rager, pester, taper des pieds. N'est-ce pas ce qu'attendaient les trois visages intrigués penchés devant elle ? Mais elle hocha la tête en souriant. Un sourire malicieux au goût de canchánchara sur des pas de salsa. Un sourire vengeur bien décidé à croquer la vie à pleines dents !

22

Le membre fantôme

— Tu me fais les trans'[1] ?

Blouse ouverte, pyjama chiffonné, stéthoscope pendant en dehors de la poche, Alexandre se retourna, pas sûr d'avoir bien entendu. La nuit avait été longue, manifestement.

— Quoi ?

Sa tignasse brune avait bravé la tempête, ses yeux s'étaient perdus dans les vagues et pourtant, un sourire béat fendait son visage comme une fenêtre de ciel bleu dans la brume. Il n'avait qu'une image en tête : Margaux, perdue dans sa combinaison, en train de barboter dans l'eau à dix degrés. Avait elle réussi sa mission ? Jusqu'où était-elle allée avant de comprendre ? Sa naïveté l'avait tant surpris qu'il avait laissé libre cours à son imagination. D'où lui était venue cette histoire de poison thermosensible ? Peut-être l'avait-il rêvée. Toujours est-il que la marquise avait bu ses paroles cul sec, comme son verre de

1. Transmissions.

canchánchara. Comme les bobards qu'il lui racontait étant enfant.

— Je te jure que les coquillages parlent quand on y colle l'oreille. Oui, bien sûr que l'huile de coude s'achète en supermarché. Évidemment que les poules ont des dents…

Signe qu'elle n'avait pas changé, la petite Parisienne. Celle qu'il avait failli rappeler plusieurs fois avant de se raviser. Un petit bain matinal ne lui ferait pas de mal, après tout. Pourquoi avoir attendu si longtemps pour lui donner de ses nouvelles ? Comme si leur parenthèse cubaine n'avait jamais existé. Et de quel droit le réveiller à sept heures du matin ? Avec des questions absurdes, par-dessus le marché !

— Bon, je vais te chercher un café. Tu n'as vraiment pas l'air dans ton assiette, ajouta son co-interne, visiblement intrigué par son rictus.

Rictus qui s'évanouit un peu plus tard, quand il dut lui énumérer les trois patientes restées sur leur brancard. Trois. C'était peu, vu le défilé incessant de la nuit. Trois femmes, trois cas, trois univers. Et pas n'importe lesquels. Chacune, à sa façon, faisait écho à sa vie personnelle. Était-ce une simple ressemblance, une étrange coïncidence, ou simplement son esprit qui lui jouait des tours ? Étonnant comme cette vieille femme, box 6, avait la même démarche que Jacqueline. Ce déhanché asymétrique et bancal. Un voisin venait de la trouver en peignoir, sur le trottoir. Perdue et grelottante, avec sa canne en bois comme troisième jambe. La plus solide, celle qui ne pliait jamais. Et si un jour elle pliait ? Jacqueline avait peut-être toute sa tête, mais si un jour elle chutait ? Qui irait la relever ? Nietzsche ? Il frémit et passa à la patiente du box 9. Elle, c'était une autre histoire : une syncope sur son lieu de travail. Dans son usine de saucisses, comme tous les maillons de la chaîne, cette femme devait rester debout plusieurs heures dans le froid. L'enchaînement du malaise, elle le connaissait par cœur : des étoiles devant les yeux, les jambes cotonneuses, puis la chute. Pourquoi avait-il eu l'impression de voir Margaux lui sourire timidement, allongée sur ce brancard ? Petite, potelée, charpentée, rousse, son physique n'avait pourtant rien à voir. Mis à part cette façon de se mordre la joue et de se frotter le lobe de l'oreille quand elle réfléchissait. Des gestes anodins – peut-être universels – qui avaient fait de son cas une priorité. Que pouvait-il lui prescrire sinon de s'asseoir ou de changer de métier ? Un bain de mer en plein hiver pour se requinquer ?

— Un bain de mer ? le coupa l'interne en face de lui, qui commençait vraiment à s'inquiéter pour lui.

Il se ressaisit en passant à la patiente du box 10. Pour cette dernière, un problème en cachait sans doute un autre. S'était-elle réellement coincé les doigts dans une porte ou avait-elle subi la maltraitance de son mari ? Alexandre insista : il faudrait creuser l'interrogatoire, ne pas la faire sortir avant d'en avoir le cœur net. Pourquoi lui faisait-elle penser à Hortense ? Ce n'étaient pas ses tatouages sur les bras et ses piercings dans le nez qui le mettaient sur la piste. Non, c'étaient ses ongles. Brillants et cernés de blanc. Une french manucure où le bleu s'était invité sous le rose. Une sorte d'arc-en-ciel au milieu duquel Alexandre avait percé un trou pour évacuer l'hématome, provoquant chez la jeune femme un soupir de soulagement.

— Bon, je devrais m'en sortir… Va te coucher ! lui intima l'interne, après une tape sur l'épaule.

En enfilant son manteau, Alexandre chercha des yeux l'autre silhouette fatiguée et courbée avec qui il avait partagé la nuit : Marie-Lou. Impossible de quitter le navire sans elle. Le coude sur la table et la tête posée dans le creux de sa main, sa coéquipière mettait plus de temps à transmettre ses malades. Faut dire, elle avait une autre raison de plus pour être fatiguée. Enceinte et ne pouvant plus le cacher, elle s'était écroulée de sommeil vers deux heures du matin. Quand elle lui avait promis de se relever, Alexandre le lui avait interdit. Cette garde serait la dernière avant son accouchement, il en faisait un principe. Et la présidente de l'internat serait sûrement du même avis. Pourquoi n'avait-elle pas fait modifier la liste de gardes en apprenant la nouvelle ? Pas une fois la jeune femme ne s'était plainte. À l'inverse, c'était plutôt elle qui s'était inquiétée en le voyant grimacer et se frotter la main chaque fois qu'il s'installait devant l'ordinateur.

— Les fourmis sont de retour ?

— Elles n'ont jamais vraiment disparu… J'ai même l'impression qu'elles montent en puissance. Qu'elles deviennent électriques, comme des décharges.

— Je peux te faire un électromyogramme, si tu veux.

— Tu crois que c'est nécessaire ?

— En analysant la conduction des nerfs à ce niveau-là, je verrai bien s'il y a un problème... Étonnant que tu aies toujours mal. *Il se frotta le menton avec le plat de la main.* Je préfère te prévenir, je ne maîtrise pas parfaitement l'engin. J'ai encore besoin du manuel.

— Si je comprends bien, tu as besoin d'un cobaye ?

— Ha ha ha ! Tout à fait ! Et justement tu passais par là !

Ils s'étaient donné rendez-vous l'après-midi même dans le service de neurologie comme s'ils allaient boire un verre. Pas de blouse, cette fois-ci. Pas vraiment de malade. Un cobaye pas bien réveillé face à une grosse machine avec des boutons et des fils partout qui ne lui disaient rien qui vaille. Son air intrigué fit sourire l'électricienne qui s'empara de son bras.

— Montre-moi... C'est là ? Au niveau de l'annulaire ?... *Elle hocha la tête, d'un air entendu.* Le nerf ulnaire, donc... Prépare-toi à sauter au plafond, je vais t'envoyer des châtaignes.

— Aïe !

— Je t'avais prévenu !

— C'est un engin de torture !

— N'exagère pas !... Il est parfait, ce nerf ! Avec une vitesse de soixante mètres par seconde. Une vraie mobylette de course ! Qui ne ralentit même pas dans les virages.

— Les virages ?

— Oui. Au passage du coude... Attends, je vais voir comment il se comporte au niveau de l'aisselle.

— Stop ! Pas besoin de tester toutes les fibres du corps !

— Quel douillet, je te jure ! *La jolie brune brandit son stimulateur en le narguant d'un sourire.* Tu veux mon avis ? Tu dois être allergique à cette bague.

— Qu'est-ce que tu sous-entends ? Je te vois venir.

— Les fourmis partent de là, non ? *Il haussa les épaules.* Alexandre, écoute-moi. Et si ton corps t'envoyait des signaux pour te faire réagir ?

— Arrête, Marie-Lou !

— Ça me fait penser aux membres fantômes des patients amputés. Ces douleurs qu'ils ressentent dans leurs doigts avec la sensation que leur main est toujours reliée à leur corps.

— Je ne vois vraiment pas le rapport !

— Pour moi, tes fourmis sont des fantômes, Alexandre.

— Des fantômes ? Ce n'est pas parce que tu ne trouves rien que c'est forcément psychosomatique…

— « *Evidence based medicine* », comme dirait mon grand chef. La médecine basée sur les preuves.

— Et ?

— Essaie donc d'enlever cet anneau et tu verras bien. Si tu n'as plus mal, tu me donneras raison… Enfin, je dis ça, je dis rien.

— C'est ça, ne dis rien !

Et l'électricienne éclata de rire.

Les mains repliées derrière la nuque, voilà plusieurs heures qu'Alexandre observait le plafond. Cette année débutait-elle bizarrement ? Seul, dans son lit, à lézarder sous la couette. N'était-ce pas la meilleure façon de réfléchir ? Rester tranquille. Prendre son temps sans se précipiter. Ancrer ses racines, selon Jacqueline. Maintenant que sa bague reposait sur sa table de nuit, peut-être y verrait-il plus clair… Les fantômes le laisseraient-ils tranquille désormais ? L'anneau brillait sous la lampe, à côté de sa boîte de Doliprane® et de son téléphone. Comme si ces trois objets étaient capables de se parler entre eux. Comme s'ils étaient tenus par un lien de cause à effet. Et justement, voilà l'écran de son portable qui s'allumait pour lui livrer trois messages :

Margaux. *« Ordure ! J'ai attrapé la crève. Tu vas me le payer ! »*

Hortense. *« T'as pensé à appeler mes parents pour la bonne année ? »*

Jacqueline. *« Qui veut faire quelque chose trouve un moyen, qui ne veut rien faire trouve une excuse. Bonne année, mon garçon. »*

Il soupira. Comment rester tranquille ? Avec ces trois femmes. Ces trois cas. Ces trois univers. Comment démêler les nœuds ? Oui, cette année débutait bizarrement.

23

L'œil-de-bœuf

— Échec et mat ! déclara Alexandre pour la troisième fois de la soirée.

— Quoi ?… Non, je ne suis pas d'accord, grogna Marie en couvrant son roi de la main comme si elle voulait le protéger.

Alexandre, amusé, lui désigna le pion qui s'apprêtait à porter son coup fatal, quand son téléphone vibra sur la table avec, sur l'écran, le visage d'Hortense qui le cherchait des yeux. Visage qu'il s'empressa de plaquer contre sa poitrine avant que l'œil vif et fouineur de la mauvaise perdante l'aperçoive.

— Oh, comme c'est mignon ! Le coup de fil de Maman tous les soirs ! ne put s'empêcher de commenter la présidente. *Alexandre fronça les sourcils dans sa direction et posa son index sur sa bouche.* Quoi ? Maman est susceptible ? Elle n'aime pas partager ? continua-t-elle à hurler dans son dos. Tu ne vas pas t'en sortir comme ça, Alexandre… Si tu crois que tu me fais peur avec ta reine… La reine des chieuses, oui !

Une fois seul et tranquille dans le salon, « Papa »

poussa le gros chat affalé sur le canapé et s'excusa pour le contretemps.

— Je dérange, peut-être ? s'inquiéta Hortense.

— Non, pas du tout. La vie en communauté, tu sais ce que c'est.

— Eh bien non, justement, soupira-t-elle.

Robe de chambre en pilou, nuisette en coton, grosses chaussettes en laine, la fiancée avait pris soin de se mettre en valeur pour l'appel rituel du soir.

— Déjà en pyjama ?... T'es malade ?

— Non, pourquoi ?... L'hiver, j'aime bien me mettre à l'aise en rentrant du travail.

Les habitudes du quotidien, voilà ce qu'il s'apprêtait à découvrir en se mariant. Que connaissait-il d'Hortense ? Sa façon d'être en vacances, ses envies, ses projets. Mais comment était-elle réellement dans la vie de tous les jours ? En robe de chambre à partir de dix-sept heures ? Pourquoi cette tenue le rebutait autant ? Sans doute parce que – pour lui – elle avait une autre connotation. Avec, pour décor, une chambre d'hôpital. Le « dress code » de ceux qui sont trop faibles pour s'habiller. Pourquoi ne s'était elle pas changée avant de l'appeler ? L'effort de séduction disparaissait-il, une fois la bague au doigt ? Mince, sa bague ! Où l'avait-il posée déjà ? Il cacha sa main gauche derrière son dos – trop loin pour accéder à sa table de nuit – et reprit le fil de la conversation.

— Tu as des idées pour le thème du plan de table ? poursuivit Hortense, comme si de rien n'était.

— Le thème ?

— Oui… dans les mariages, les tables ont toujours un nom ! Des fleurs, des personnages célèbres, des lieux…

— Ah… Et pourquoi ?

— Et pourquoi pas ? Tout le monde fait ça !… Cache ton enthousiasme !

Elle pencha la tête en faisant la moue. Il y avait quelque chose d'enfantin dans son visage. Sa frange droite, ses yeux ronds, son petit menton tremblotant. Quelque chose de vulnérable et fragile. Sans doute ce qui l'avait séduit, la première fois. Alors, pourquoi son expression l'agaçait-elle aujourd'hui ? Avait-il changé ces dernières années ? Son métier lui avait montré une autre réalité – dure et sans pitié – qui l'avait fait mûrir. Sans parler de ces cas impitoyables décrits dans les soirées « Qui ne se plante pas ne pousse jamais ». S'il s'était souvent planté, avait-il poussé dans une autre direction ? Avec d'autres aspirations ? Ou bien était-ce autre chose ? En tout cas, le constat était le même : ces foutues fourmis avaient cessé dès l'instant où il avait ôté l'anneau, où son membre fantôme avait retrouvé sa liberté. Devait-il continuer à se mentir ? À lui mentir ? Comme le patient qu'il avait croisé à sa dernière garde. Un cas qui hantait son esprit depuis plusieurs jours et dont il se remémora la scène :

— Le patient box 5, tu l'as vu ? l'avait interpellé l'infirmière dans le couloir.

— Oui, il a tout récupéré. J'en ai discuté avec

Marie-Lou, l'interne en neurologie ; elle est d'accord pour qu'il soit hospitalisé quelques jours dans son service. Je vais prévenir sa femme.

— Il a le sida, tu savais ?

— Oui, c'est dans son dossier.

M. Kerbrat était en train de se brosser les dents le matin même, sa main était alors tombée en heurtant le lavabo. Morte, inerte. Dans le miroir, son reflet avait grimacé. Une bouche déviée, asymétrique. Un rictus qui l'avait glacé et paralysé. C'était le mot. Quand il avait voulu alerter son épouse, il avait bafouillé, postillonné la première syllabe, puis s'était tu, pétrifié. Combien de temps cela avait-il duré ? Deux, trois minutes ? En tout cas, suffisamment longtemps pour prendre conscience de la gravité des choses. Alexandre avait tenté de le rassurer, lui avait parlé d'un caillot qui obstrue une artère du cerveau, pour finalement se dissoudre tout seul sans laisser de séquelles. Un A.I.T., dans le jargon des blouses blanches.

— Y a-t-il un lien avec le sida ? avait-il demandé du tac au tac.

L'interne avait acquiescé, la mine grave :

— Je viens de me renseigner. En fait, pas directement. C'est plutôt les traitements que vous prenez qui peuvent favoriser ce type de problème.

— Les traitements ?… Quels traitements ? avait répété naïvement sa femme qui venait d'entrer dans le box.

Alexandre avait mis quelques secondes à réaliser, puis avait interrogé son patient des yeux. Celui-ci s'était figé sur son brancard, l'air implorant. Lorsqu'il était passé de l'un à l'autre – de l'expression apeurée de l'homme à celle interrogative de la femme –, ses craintes s'étaient vérifiées. Dans quelle situation se retrouvait-il empêtré ? Comment avait-il pu lui cacher qu'il avait le sida ? Et de quel droit lui faire courir un tel risque en gardant son secret ? Toutes ces questions s'étaient télescopées dans sa tête avec un sentiment de confusion et de dégoût. Il s'était d'abord adressé à la femme :

— Pouvez-vous sortir un instant ? J'aimerais vérifier quelque chose. *Le ton en direction du mari avait été plus sec* : Vous, éclairez-moi.

— Comment ça ?

— Vous ne lui avez rien dit ?

— Euh, non… Sous traitement, mon virus est indétectable, paraît-il. J'ai très peu de risques de le lui transmettre.

Alexandre, livide, s'était affaissé sur le tabouret près de lui.

— Comment… Comment pouvez-vous lui cacher une chose pareille ? Vivre dans le mensonge ? Elle vous fait confiance, et vous…

— Vous n'avez aucune leçon à me donner, jeune homme !… Parlez-lui, et je vous attaque pour violation du secret médical !

— Alexandre ?… Houhou ! Je suis là… Tu rêves ?

Hortense s'était tellement avancée qu'il ne voyait plus que la moitié de son visage. Son sourcil inquisiteur et son coin de bouche en attente lui semblèrent presque effrayants. C'était comme si elle était en train de le lorgner dans un œil-de-bœuf : elle lui donnait l'impression d'être tout près, alors qu'en fait une cloison les séparait. Une cloison ou bien plus ? Ce malaise, il l'avait déjà ressenti avec ses parents. À chaque fois qu'ils l'appelaient – au réveillon de Noël ou à son anniversaire –, ils se collaient à l'écran. Le plus possible. La technique du zoom pour resserrer le lien et paraître plus proches. Pourquoi pensait-il à eux ? Était-il en train de reproduire avec Hortense une relation à distance aussi biaisée et inconsistante ? Aussi futile ? La comparaison le fit frémir. Comme la phrase qu'il avait dite à son patient, un peu plus tôt : « Comment pouvez-vous lui cacher une chose pareille ? Vivre dans le mensonge ? » Avait-il vraiment des leçons à donner ? N'était-il pas lâche, lui aussi ? Sans y prêter attention, il leva sa main – celle plaquée dans son dos – pour se frotter le menton.

— Approche un peu, insista Hortense. Ton annulaire ! *Ses doigts se replièrent dans le creux de son cou.* Montre… Elle est où, la bague ?

Aïe, la bague. Pourquoi l'œil-de-bœuf ne déformait-il pas la réalité ?

— Euh, désolé, j'avais peur de l'abîmer.

— L'abîmer ? Tu veux rire ? De l'or blanc ?

— Le médecin hygiéniste nous déconseille les bijoux à l'hôpital.

— Alexandre, ça fait deux excuses différentes, là…

— Désolé.

— Tu n'as que ce mot à la bouche ! Si ça continue,

je vais finir par croire que tu es désolé de te marier… Je déteste être loin de toi. Cette discussion n'aurait jamais eu lieu si on vivait déjà ensemble. Si j'avais ta main en permanence à côté de la mienne. Je n'en peux plus de ces communications à distance. Pleines de malentendus… Je t'aime, Alexandre, tu le sais ?

Il hocha la tête avant de raccrocher. Une empreinte creusait et cernait la racine de son annulaire. Comme un sourire pour le narguer. Libéré, voilà qu'il continuait à se jouer de lui. Quelle serait la prochaine étape ? Quel chemin allait-il désormais lui montrer ?

24

La billig party

Margaux se cacha derrière ses lunettes noires en annonçant au chauffeur de taxi :

— Rue Froidevaux, s'il vous plaît. La pâtisserie « La vie, c'est comme une boîte »...

— ... « de chocolats », je connais ! Plusieurs clients m'ont déjà parlé de cet endroit. Il paraît même qu'il y a eu un reportage à la télé, la semaine dernière.

Elle grimaça. Comment n'était-elle pas au courant ? Une larme ruissela sur sa joue qu'elle chassa avec la manche de son manteau. Trois mois qu'elle ne s'était pas posée, n'avait pas dormi dans son lit, n'avait pas revu Raphaël, ne s'était pas baignée dans la mer, n'avait pas mangé de kalouga, n'avait pas appelé Alexandre. Trois mois qu'elle n'arrêtait pas de penser à lui, à sa façon de la surprendre, de danser la salsa, de chasser les orchidées, de lui écrire des mots doux, de se frotter le menton, de faire voler les papillons dans son ventre. Trois mois qu'elle évitait de se regarder dans une glace, de réfléchir à toutes les bonnes résolutions du début d'année. Celles qui s'étaient évanouies quand elle avait repris le travail. Trois mois qu'elle jouait les globe-trotteuses à travers l'Europe, sa valise à la main et sa boîte de chocolats au fond de son sac, à vérifier que l'image de marque était bien respectée, les produits mis en valeur, les clients satisfaits. Trois mois qu'elle trouvait le temps long, qu'elle avait perdu l'entrain, l'envie, le dynamisme. Trois mois qu'elle fuyait les rencontres, qu'elle préférait dîner dans sa chambre d'hôtel plutôt qu'au restaurant, qu'elle passait des nuits blanches dans les salles de sport pour finir par manger des tartines au beurre au petit déjeuner. Janvier : Berlin, Copenhague. Février : Rome, Madrid. Mars : Amsterdam, Bruxelles. Tous ces allers-retours, cette fatigue, ce spleen, pour surprendre cette conversation à travers une porte qui allait la faire chavirer :

— Laisse Margaux en dehors de ça, tu veux ? venait d'ordonner son père à son plus proche collaborateur.

— Pourquoi ? Il serait temps de l'impliquer un peu plus dans la gestion de l'entreprise.

— Elle a bien le temps ! Pour l'instant, laissons-la voyager, découvrir le monde. Quel est le problème ? Elle fait du bon travail à l'international, non ?

— Oui, mais…

— Il faut que jeunesse se passe !

— Et si on parlait de la fille que tu as engagée pour la surveiller ?

— Sandy ?

— Tu ne vas quand même pas me dire qu'elle est secrétaire ?

— Non, auxiliaire de vie. Mais garde-le pour toi, je ne voudrais pas que cela s'ébruite. Elle veille au bien-être de Margaux, à ce qu'il ne lui arrive rien. Elle l'appelle tous les jours et…

— Auxiliaire de vie ? C'est pour les vieux ! Assistante maternelle ou plutôt paternelle, tu veux dire… Désolé, mon vieux, mais c'est un peu malsain tout ça. Ta fille est grande maintenant. Quand vas-tu enfin t'en rendre compte ? Arrête de la considérer comme une princesse ; et surtout, lâche-lui la grappe !

La princesse en question avait tourné les talons avant d'entendre la suite. Le rideau venait de tomber comme un couperet. Une chute brutale et humiliante. « Il faut que jeunesse se passe », avait-il dit. Comme si sa vie n'était qu'une errance sans but, ni projets. En l'envoyant courir la planète, ne voulait-il pas, en fait, la détourner des réalités ? La mettre sous cloche ? La maîtriser ? N'était-ce que du vent, ces voyages ? Du paraître et de l'apparat ? Elle en avait la nausée. Et Sandy dans tout ça ? Pourquoi l'avoir trompée ? Elle s'était immiscée dans sa vie, étroitement, intimement. Elle connaissait son emploi du temps par cœur. Dans le seul but d'en informer son père ? Quelle vipère ! Et dire qu'elle avait poussé le vice jusqu'à l'accompagner à Fréhel !

La vitrine de la pâtisserie, couverte de buée, ne laissait rien voir de l'extérieur. Quand Margaux franchit la porte, l'humidité était telle qu'elle eut l'impression d'entrer dans un hammam. Une vague chaude et parfumée la traversa, où les odeurs de beurre, de sucre et de confiture se mêlaient aux bruits des couverts, aux rires et au brouhaha des conversations. Une ambiance réconfortante où le cauchemar avait décidé de la poursuivre. Voilà que la vipère, droite derrière le comptoir, la fixait, surprise et mal à l'aise. Que faisait-elle là ? Ceinturée dans son tablier, à assister Raphaël pour son cours de cuisine, la main collée à la sienne, les joues roses et les yeux maquillés ?

— Margaux ! Ça tombe bien, tu arrives en pleine « billig party » ! s'écria Raphaël en courant vers elle.

— C'est quoi le concept ? rétorqua-t-elle sèchement, sans prendre la peine d'ôter ses lunettes de soleil, couvertes de buée elles aussi.

— Eh bien, chacun doit faire sa crêpe ! J'ai fait la pâte et il n'y a plus qu'à l'étaler. Pas facile de dompter le rozell la première fois, hein Sandy ? *La petite brune rougit.* Certains nous ont fait de véritables œuvres d'art ! On a tout eu : de la dentelle, des cratères, des pâtés… *Les clients, attablés devant eux, gloussèrent en dégustant leurs créations.* Tu veux essayer ?

— Non, sans façon.

— Tu ne devais pas rentrer demain de Bruxelles ? s'inquiéta Sandy.

Margaux releva sa monture sur le haut de son crâne et planta ses yeux humides et rageurs dans les siens.

— Tu ne devais pas être ma secrétaire ?

— Comment ça ?

— Excuse-moi, mais je viens d'apprendre que j'avais une auxiliaire de vie. Une espionne, si tu préfères. Qui laisse traîner son nez dans mes affaires et… qui couche avec mon cousin, par-dessus le marché !

La jeune femme recula, sonnée, avant que Raphaël s'interpose :

— Margaux ! Arrête !… *Lorsqu'elle leva le menton pour le défier, il lui agrippa le bras et lui glissa à l'oreille :*

Pas d'esclandre devant les clients… Tu souris, tu joues le jeu, tu fais ta crêpe ; et on discute après… tranquillement.

« Tranquillement » ne collait pas à son humeur du moment et « jouer le jeu » encore moins.

— Lâche-moi, Raphaël ! cria-t-elle en rejetant son bras. Si tu continues à me donner des ordres, c'est toi que je vais réduire en crêpe !

Sortir aussi vite qu'elle était entrée. Ne pas se retourner. Suivre le grand mur du cimetière. À grands pas, en attaquant du talon, du haut de ses grandes bottes cuissardes. Margaux n'avait pas d'ordre à recevoir. Pas plus de son cousin que de son père. Elle avait envie de mordre, de crier, de shooter dans ce poteau. *Aïe.* Le changement, c'était maintenant. Sinon, elle allait droit dans le mur. Et justement, au milieu de ce mur haut et massif, une porte lui ouvrait la voie. Dix ans qu'elle n'avait pas remis les pieds dans ce cimetière. Qu'elle le fuyait, le contournait, l'effaçait du décor. Pourquoi ressentait-elle le besoin d'y aller aujourd'hui ? De se recueillir sur la tombe de sa mère comme elle l'avait fait dans sa chambre de petite fille ? Cet endroit était-il le point d'orgue de son pèlerinage ? Le point de départ d'une nouvelle vie ? Franchir cette porte, c'était renoncer à la peur, avancer. Progresser dans l'allée, c'était apprendre à respirer, évacuer. Repérer la pierre, c'était se souvenir, faire couler une larme. Une pierre nue, sans sculpture ni dorures, loin des célébrités, pour que personne ne la remarque. La jeune femme reconnaissait bien là la volonté de son père. La seule excentricité résidait dans ces petits pots de verre déposés comme une offrande. Des fragments de Bretagne en plein cœur du quartier Montparnasse dont Margaux n'eut aucun mal à deviner la provenance.

— Un mauvais jour, cousine ?

Raphaël venait de poser sa main sur son épaule, et elle d'abaisser ses lunettes.

— N'aie pas honte de pleurer.

Elle resta silencieuse un long moment à fixer le nom gravé dans le marbre.

— Pourquoi mon père se donne-t-il le droit de penser à ma place ?

— Parce qu'il est maladroit. Qu'il ne sait pas comment te le dire.

— Quoi ?

— Qu'il t'aime.

Elle désigna la tombe.

— Il n'aurait jamais réagi comme ça si elle était encore là. Diriger ma vie, engager une espionne pour me suivre à la trace.

— Ne sois pas si sévère… Sandy ne disait rien à Didier, elle n'avait aucun compte à lui rendre. Sa mission, c'était de répondre à toutes tes exigences, vingt-quatre heures sur vingt-quatre… De t'assister si tu avais besoin d'aide, de partir au bout du monde si tu le lui demandais.

— Je la trouvais sympa, cette fille. Et j'avais même l'impression que c'était réciproque.

— Justement ! Pourquoi crois-tu qu'elle démissionne ?

— Elle démissionne ?

— Oui, elle a préparé sa lettre… Elle commençait à trouver ça étrange d'être payée pour être ton amie.

— Tu veux dire : d'être payée pour être TON amie.

Il grimaça.

— En fait… À choisir, je suis sûr qu'elle préfère s'occuper des vieux. Une tornade comme toi, c'est dur à suivre ! ajouta-t-il en passant son bras dans son dos et en la serrant contre lui.

Elle appuya sa tête contre son épaule, soupira longuement, puis changea de sujet :

— Dis-moi… Comment as-tu appris à faire les crêpes ?

— Devine ! C'est Jacqueline qui m'a transmis son petit coup de poignet. Celui qui fait tourner le rozell en le faisant glisser comme le manche d'un tourne-disque.

— Ça m'étonne qu'elle ait bien voulu te le montrer. Selon elle, seules les Bretonnes pure souche y arrivent. Elle ne te l'a pas dit ?

— Si, mais elle a décidé de me laisser ma chance… Pas toi ? *Elle haussa les épaules.* Si tu me suis, tu auras la chance d'y goûter. Je peux même te faire ta préférée, rien que pour toi !

— Laquelle ?

— La flambée au Grand Marnier avec une tonne de chantilly.

— Bien renseigné.

Il la tira par la main.

— Allez, viens… Mes clients meurent d'envie de te voir me ratatiner comme une crêpe !

Elle sourit.

— Ils ne vont pas être déçus !

25

Le burn out sentimental

Dans la vie d'Hortense, les imprévus et les changements n'étaient pas les bienvenus. Son quotidien s'organisait en listes. Liste de courses, liste de travail pour ses élèves, liste de ménage, liste de choses à faire pour préparer son mariage, liste d'invités. Cette dernière était si compliquée qu'il fallait des sous-listes : la famille, les amis, les incontournables, les contournables si le budget devenait serré. Et puis, il y avait les « wish lists » pour se projeter dans le futur. Celles qu'elle déclinait à toutes les sauces et qui la faisaient rêver : destinations de vacances, prénoms de ses futurs enfants, livres et films dont elle avait entendu parler. Les murs de son appartement étaient couverts de post-it de toutes les couleurs. Les roses tentaient d'organiser – voire de débrouiller – la vie d'Alexandre. On y trouvait, par exemple, la liste des week-ends où il pouvait être de garde, celle des événements à ne pas manquer les six prochains mois, puis quelques missions bricolage. Pour qu'il s'y retrouve, elle avait ajouté des codes selon le degré d'urgence. Les +/– pouvaient attendre leur prochain week-end en commun, mais les +++, eux, s'affichaient simultanément sur son téléphone. Comme celui qu'il avait reçu au milieu de sa garde, alors qu'il était en train d'examiner un patient qui se tordait de douleur. L'homme, en pleine crise de colique néphrétique, était en train de hurler à la mort, quand son portable avait vibré. Il s'était d'abord empressé de le soulager en lui administrant de la morphine, puis avait glissé sa main dans sa poche. En découvrant le code +++ et la liste qui l'accompagnait, il avait ri jaune. L'extrême urgence selon Hortense :

Choisir ses témoins, réserver la sono, appeler un D.J., acheter son costume. Une queue-de-pie de préférence.

Une queue-de-pie ? Et pourquoi pas un chapeau à plumes tant qu'elle y était ? Son patient commençait à flotter dans l'air sous l'effet des médicaments. Il ne criait plus, mais gémissait doucement sur le brancard. Pourquoi cette liste – parmi tant d'autres –, reçue cette veille de week-end de Pâques, l'avait fait réagir ? Une histoire de moment, d'humeur, de disposition. Après une nuit blanche à ruminer dans son lit, son impression s'était muée en certitude. À son tour de prendre la route au petit matin sans prévenir. De la surprendre, de sortir son code +++. Un code rouge pour dire « stop, c'est fini ». Quand il était arrivé, l'appartement était vide ; et il avait attendu patiemment qu'Hortense revienne du marché. Il était resté un moment, assis devant le mur de sa cuisine, à fixer le patchwork de petits papiers multicolores qui était censé guider sa vie. Les roses occupaient tout l'espace et gâchaient le tableau comme des taches d'huile dans une eau translucide. Sans réfléchir, il les avait froissés un à un dans le creux de sa main. Des petites feuilles collantes et gênantes qui laissaient derrière elles des trous épars que la fiancée devrait combler. Ses « wish lists » comme elle les appelait – même s'il n'était sûr de rien, s'il n'y avait pas encore réfléchi –, il voulait les écrire lui-même. Et Hortense l'avait compris à la seconde où son regard inquiet avait croisé le sien. À son corps courbé, l'expression désolée de son visage, le tas de post-it serré dans son poing. Tout était allé très vite. Pas besoin de long discours. Alexandre ne se souvenait pas d'avoir dit grand-chose. Peut-être même rien. C'était plutôt elle qui avait crié :

— Me faire ça, à quelques mois du mariage !... Quelle humiliation ! Mais qu'est-ce que j'ai fait pour mériter ça ?... Quand vas-tu grandir, Alexandre ? Prendre tes responsabilités ? Tu sais qu'il y a une vie en dehors de l'hôpital ?... Va-t'en ! Retourne dans ta colo pour ados retardés, je ne veux plus jamais entendre parler de toi !

Il s'était retrouvé sur le palier, un peu hébété, ses petits papiers imbibés de larmes déchirés à ses pieds, à fixer l'œil-de-bœuf en face de lui. Un œil borgne, un peu amoché, et étrangement silencieux.

Quelques heures de route plus tard, sa colo l'accueillit sans poser de questions. Chose rare : Marie se laissa battre aux échecs sans broncher. Et quand Alexandre décida d'investir la cuisine, personne n'osa le déranger. Même quand les effluves de chocolat commencèrent à imprégner les lieux et aguicher les narines de tout le monde. Deux heures qu'il était aux fourneaux, que le plan de travail était recouvert d'une multitude de moules, plats, ustensiles en tout genre, qu'il enchaînait les recettes « Marmiton » au rythme planant de sa musique électro. Marbré, truffes, mousse, fondant, brownie, charlotte… Quand allait-il s'arrêter ? Les sourires amusés des internes, suivis de coups d'œil complices, défilaient dans le couloir. Tout portait à croire qu'il n'était pas dans son état normal. Comme cette façon de danser en cuisinant, la mine grave et pensive, son corps ondulant lentement en dessinant des S. Pour la présidente, le diagnostic ne faisait aucun doute : burn out sentimental. Diagnostic qu'elle glissait d'un ton péremptoire dans l'oreille des uns et des autres pour qu'ils restent à l'écart. Pour une fois, elle se faisait toute petite, à l'épier de loin. À se réjouir de la nudité de son annulaire.

— Marie, arrête de jouer les espionnes ! l'apostropha Marie-Lou sans prêter attention à sa mise en garde.

Le burn out sentimental. S'il y avait une personne ici qui connaissait cet état, c'était elle. Alexandre fuyait la compagnie, flottait en perdition au milieu de ses pâtisseries ; et pourtant, c'était plus fort qu'elle, il fallait qu'elle s'approche, qu'elle prenne la température :

— Mmm… Cette odeur m'a conduite directement jusqu'à toi ! Je peux t'aider ?

— Hein ?… Non, c'est gentil. Cuisiner me vide la tête avant ma garde de ce soir.

— Tu fais quoi ?

Il éteignit la musique et se frotta le menton d'un air gêné.

— Des gâteaux au chocolat.

— À Pâques, ce sont plutôt des œufs, non ?

— Trop compliqué pour moi, les œufs, soupira-t-il en regardant sa montre. Mince, je n'avais pas vu l'heure, il va falloir que je file ! Sers-toi, si tu veux.

— Tu ne prends pas le temps de les goûter ? *Il secoua la tête en attrapant sa blouse.* Alexandre… Sache que je suis là si tu as besoin de parler, ajouta-t-elle en abaissant le regard vers sa main. Et ces fourmis ?

— Disparues…

D'un petit sourire satisfait, elle se garda bien de faire tout commentaire.

— Tu sais, le patient dont tu t'es occupé aux urgences… celui qui avait le sida ?

— Ah oui, comment il va ?

— Bien… Mais quelle affaire ! Parfois, ce n'est pas le problème médical le plus dur à gérer, mais le problème conjugal.

— Sa femme a été mise au courant ?

— Pas directement. Elle a trouvé cela étrange que tu lui parles de médicaments, alors elle s'est mise à fouiller la maison. Et bien sûr, elle a fini par tomber sur les boîtes cachées dans le tiroir de sa table de nuit. *Il grimaça.* Et tu sais le plus dingue dans tout ça ?… Ils sont rentrés chez eux main dans la main… Elle lui a tout pardonné !

— Et vous lui avez fait des tests, au moins ? Je veux dire… Vous vous êtes assurés qu'elle allait bien ?

— Séronégative !

— Tant mieux, soupira-t-il. Je suis soulagé… Je n'arrêtais pas d'y penser.

— Je sais, je commence à te connaître ! « Qui ne se plante pas ne pousse jamais », comme dirait l'autre. *Alexandre acquiesça en souriant.* On se la garde sous le coude, cette histoire-là, hein ?

Alors qu'il enfilait son manteau par-dessus sa blouse, Marie-Lou le retint par le bras. Elle ne pouvait pas le laisser partir comme ça.

— Dis-moi, Alexandre… De tous tes gâteaux, lequel contient le plus de cacao ?

Il se frotta le menton en examinant toute la panoplie alignée sur la table.

— Je ne sais pas. Le fondant, peut-être… J'ai mis deux tablettes entières. Du noir, soixante-dix pour cent.

— Alors, je t'interdis de quitter les lieux avant d'en avaler une grosse part !

— C'est un ordre ?

— Non, une prescription de neurologue ! Il te faut bien ça pour te remonter le moral, non ? *Il haussa les épaules.* La magie du chocolat, c'est de réjouir autant les papilles que les neurones. J'ai lu un article là-dessus, on lui attribue plein de vertus : dopant, antidépresseur, aphrodisiaque…

— Malheureusement, ce pouvoir-là ne fonctionne que chez les filles !

— Pour le savoir, il faut y goûter ! C'est comme pour la bague, Alexandre, il a fallu que tu l'enlèves pour me croire. Allez, on attaque ?

Ne jamais contredire une femme enceinte, surtout quand il s'agit de nourriture. Alexandre sourit en voyant Marie-Lou fendre le cercle encore fumant avec la lame de son couteau. À ses petits gloussements de plaisir, la magie opérait sur elle, indubitablement. Chez lui, c'était autre chose. Ce gâteau avait un pouvoir différent. Un pouvoir de mémoire qui réveillait les souvenirs et attisait les sens. Au cœur de ce fondant, dans ce liquide épais et velouté, se cachait le sourire espiègle d'une marquise. Intrigante et entêtante. Un sourire qui venait de casser la ligne droite toute tracée et de chambouler sa vie. Était-ce une raison suffisante pour se gaver jusqu'à l'indigestion ?

26

Les pétales de Virginie

Faire ses bagages était devenu une habitude pour Margaux. Entasser, plier sans froisser, s'entourer du strict minimum, jeter au fur et à mesure. Dans sa chambre, aucune trace du passé n'avait résisté : les jouets et peluches donnés au Secours populaire, les photos rangées dans les albums, les classeurs d'école descendus à la cave. Seul l'essentiel était resté. Un essentiel nomade et éphémère, capable de tenir dans cette valise. Didier Berthot, fébrile et tendu, regardait sa fille s'affairer depuis l'encadrement de la porte. Pourquoi n'avait-il pas su trouver les mots pour la retenir ? Depuis son voyage à Cuba, quelque chose avait changé chez Margaux sans qu'il sache le définir. Sa façon de remettre tout en question, de parler du passé, d'avoir peur de l'avenir, de s'émouvoir. Elle qui ne montrait rien d'habitude. Était-elle en pleine crise d'adolescence ? Une crise à retardement ? Il avait beau se répéter : « Il faut que jeunesse se passe », il n'arrivait pas à s'en convaincre totalement.

— Pourquoi veux-tu quitter l'appartement ? Je ne comprends pas.

— Parce que j'ai besoin de couper le cordon !

— Vu le peu de temps que tu passes à Paris, ça ne vaut pas la peine de déménager.

— Papa… Là n'est pas le problème… On travaille ensemble, on vit ensemble… J'ai besoin d'un peu de liberté. Tu peux comprendre ?

— C'est ta rancœur que je n'accepte pas.

— Disons que Sandy a été la goutte d'eau qui a fait déborder le vase.

— Mais enfin ! Tu les faisais toutes fuir, tes secrétaires, je n'avais pas le choix ! Je n'ai jamais rien voulu savoir de ta vie privée, je te le jure ! Et même si je lui avais demandé, Sandy ne m'aurait rien dit de toute façon.

— Ah, tu vois que ça t'a traversé l'esprit !

— T'es vraiment têtue, quand tu t'y mets ! soupira-t-il en l'aidant à transporter sa grosse valise. *Arrivé à la porte, il se tourna pour lui faire barrage.* T'as une minute, que je te montre un nouveau projet ?

— Papa ! On se voit lundi au bureau, ça ne peut pas attendre ?

Et lui de secouer la tête d'un air enjoué en la tirant par le bras jusque dans la cuisine :

— Ça ne sera pas long ! Tu vas voir… Pour l'instant, je n'en ai fait qu'un seul exemplaire. Je voulais d'abord avoir ton avis !

Margaux leva les yeux au ciel. C'était plus fort que lui ! Il fallait qu'il joue au patron et prenne le même ton directif à la maison qu'au travail. N'était-ce pas là une bonne raison de déménager ? Elle traîna les pieds ostensiblement et empoigna rageusement le petit coffret rectangulaire posé sur la table.

— Attention ! C'est fragile !

À travers le couvercle transparent, on devinait une série de feuilles de chocolat alignées sur leur tranche. Serrées comme les pages d'un livre et si fines qu'une pression trop forte entre le pouce et l'index aurait pu les casser. La jeune femme en sortit une délicatement de la boîte et la tendit vers la lumière. De fines nervures apparaissaient en relief.

— Original comme forme. On dirait des pétales de fleur.

— Oui, c'est l'idée. À chacune sa saveur… Florale et parfumée. Géranium rosat, framboise/rose, thé au jasmin, lavande, fleur d'oranger, pistache/ylang-ylang…

Elle approcha la pièce de ses narines, puis la porta à sa bouche.

— Excellente idée. Vraiment… C'est léger, c'est frais… Parfait pour cet été. *Elle attendit quelques secondes qu'elle fonde sur sa langue.* C'est long en bouche… Le fondant de la ganache contraste avec le craquant du chocolat. C'est étonnant et très réussi. On pourrait les proposer pour les mariages… Pour décorer les tables. Qu'en penses-tu ?

Le grand chef lui sourit. Un sourire soulagé, victorieux, mais aussi fier de sa fille. Son palais commençait à raconter des histoires, à connaître les produits, à savoir comment les exploiter. Et quand le tyran désigna le siège devant lui, Margaux ne pensait même plus à partir. Serait-elle assez raisonnable pour ne pas finir la boîte ? C'était tentant de tous les goûter. D'une traite, sans réfléchir.

— Tu te souviens de la discussion qu'on a eue tous les deux à propos de ta mère ? *Elle le questionna du regard, pas sûre d'avoir bien entendu.* L'importance des souvenirs, d'honorer sa mémoire, continua-t-il d'une voix enrouée.

Margaux réfléchit un instant.

— La rose…

— C'était sa fleur préférée, continua-t-il. Ce coffret, je suis sûr qu'elle l'aurait adoré.

La poignée de pétales lui revint comme un flash. Celle qu'elle avait déversée sur son cercueil en retenant ses larmes. Une touche rose pâle dans la fosse sombre et profonde. Rose pâle comme les grands bouquets parfumés qui ornaient le buffet du salon. Rose pâle comme ses lèvres fines et souriantes.

— Merci, Papa, bredouilla Margaux en plissant les yeux, émue et reconnaissante, avant de plonger la boîte au fond de son sac.

Et lui de plisser les yeux à son tour.

— Tu vois… Je commence à comprendre.

Quitter le nid sans vraiment s'éloigner. Rester près de la famille. En zone connue et rassurante. Margaux avait décidé d'emménager dans le studio juste au-dessus de la pâtisserie de Raphaël. Une seule pièce de vingt mètres carrés dont le coin cuisine donnait directement sur la table basse et le canapé-lit. Que lui fallait-il de plus ? Un grille-pain pour ses tartines du matin. Une orchidée censée diffuser une odeur de chocolat. Un stepper pour garder la forme. Sans oublier une armoire pour ranger ses affaires. Indispensable, l'armoire ! Raphaël à quatre pattes sur le parquet, lui, n'était pas du même avis :

— Pourquoi tu ne laisses pas tes habits dans ta valise ? pesta-t-il, le nez collé au plan de montage. Deux heures que j'y suis ! Pour me rendre compte que j'avais tout construit à l'envers, ça m'énerve !

Margaux éclata de rire en posant sa plante près de la fenêtre. Celle qui ne sentait plus rien, dont les tiges dénudées avaient perdu leurs fleurs.

— Et tu te moques de moi, par-dessus le marché ! Vivement que tu te trouves un mec à exploiter !

— Ou une auxiliaire de vie qui sache bricoler !

— Eh bien, tu prends les choses avec bonne humeur, aujourd'hui !

Elle poussa un long soupir de soulagement en s'affaissant sur le canapé.

— Je sens que je vais bien me plaire ici ! Le rêve serait que tu me fabriques un passe-plat depuis le rez-de-chaussée pour que tes gâteaux tout chauds arrivent directement dans mon salon.

— Bien sûr, princesse ! Tes désirs sont des ordres, comme toujours…

Elle hocha la tête, satisfaite.

— Pas trop triste que je te pique ta garçonnière ?

— Si… Mais tu ne m'as pas laissé le choix !

— Tu peux garder les clefs, si tu veux.

— C'est bien aimable… Promis, si je t'emprunte ton lit, je change les draps !

— Emprunter mon lit ? T'as pas intérêt ! *Elle lui balança un coussin à la figure qu'il esquiva de justesse.* Et d'ailleurs, parle-moi de Sandy. Comment va-t-elle ?

— Justement, elle m'a posé la même question à ton sujet, ce matin.

— Ce matin ? Au saut du lit ?... C'est sérieux, alors.

Il se mordit les lèvres en regrettant d'en avoir trop dit.

— Dis-moi, c'est quoi ton programme ? Où comptes-tu t'envoler, ces prochaines semaines ?

Elle se leva en direction de la fenêtre et appuya son front contre la vitre.

— En Bretagne.

La vue surplombait le mur du cimetière Montparnasse, et son regard se perdit au loin, au milieu des croix.

— En Bretagne. Sérieux ? répéta-t-il en se redressant à son tour.

— J'ai besoin d'une petite coupure. Besoin de savoir où je vais... De passer un peu de temps avec ma grand-mère.

Son expression était devenue sérieuse tout à coup. Une expression teintée de tristesse.

— Sage décision, cousine, lui souffla-t-il en portant son regard dans la même direction.

Il eut un pincement dans la poitrine. Pourquoi n'y avoir pas pensé plus tôt ? Cette vue plongeante, ce n'était pas un hasard. Quel effet provoquait-elle chez elle ? Un magnétisme, une douleur, une force ? De là, on ne pouvait pas discerner la tombe. Juste la deviner. L'imaginer. Mais c'était bien elle que Margaux fixait depuis tout à l'heure, en comblant le silence de ses pensées. Un silence que rompit Raphaël d'un raclement de gorge gêné :

— J'ai le regret de te dire qu'en plus d'un bricoleur, il te faut un jardinier ! lâcha-t-il en désignant l'orchidée posée sur l'appui de fenêtre, dont il frotta les feuilles entre ses doigts. Regarde, elle est couverte de pucerons !

Margaux grimaça en lui donnant raison. Pourquoi avait-elle été incapable d'en prendre soin ? En plus d'être fanée et inodore, voilà qu'elle était malade maintenant ! Tout était de sa faute. Elle l'avait abandonnée dans sa chambre et privée de soleil. La méritait-elle vraiment ?

— Et si on faisait un deal ? proposa Raphaël pour lui redonner le sourire. Je la soigne, je la chouchoute, je la dorlote… Et toi, tu fais pareil avec celui qui te l'a offerte !… Tope là !

La main de Margaux rebondit sur l'arrière de son crâne, ponctuée d'un sourire outré.

— T'es lourd, Raphaël.

— Pour te servir, ma chérie !

27

Si jeunesse savait, si vieillesse pouvait

La vieille femme souriait, calée entre les accoudoirs de son fauteuil roulant, la tête et les épaules recouvertes d'une épaisse couverture. De loin, on aurait pu croire à une tente plantée au milieu de la plage déserte. Une tente gardée par un chien aux oreilles dressées et à la tête tournée vers l'horizon. Le fond de l'air avait beau être glacial, le vent souffler le sable et creuser la houle, les deux observateurs ne cillaient pas, tenus en haleine par l'heureux spectacle qui se jouait devant eux. Margaux, dans sa tenue de pingouin, pataugeait dans l'eau, bondissait à chaque vague en poussant des cris stridents.

— Tu avais raison, Mamie… Se baigner en avril ou en janvier, quelle différence ? L'eau me paraît tout aussi gelée !

À cet instant, le pingouin aurait pu faire n'importe quoi pour amuser sa grand-mère. Même se transformer en iceberg pour faire briller ses yeux plissés et arrondir ses joues. Comment aurait-elle pu imaginer que sa maladie progresserait aussi vite, en quelques mois ? Que ses muscles fondraient comme neige au soleil ? Que son visage se creuserait et se riderait ? Que le fauteuil remplacerait la canne ? Que sa voix, à l'accent étrange, se mettrait à grésiller, puis s'éteindrait comme la flamme d'une bougie ? La veille, lorsqu'elle avait poussé la porte de sa maison, elle avait manqué de self-control. Comme en décembre, elle s'en voulait d'avoir souri d'un air gêné, bredouillé un bonjour avec le ton d'un au revoir, avant de se figer façon « rouleau de printemps » dans le canapé. Quelle serait la prochaine étape ? Comment la retrouverait-elle à sa prochaine visite ? Dans la tombe ? Margaux frissonna en plongeant ses yeux dans les deux billes brillantes enfouies sous la couverture.

— Houhou !… T'as vu ? Je me débrouille pas mal ! La prochaine fois, je reviens avec une planche de surf ! cria-t-elle en lui faisant un signe de la main, juste au moment où une grosse vague lui balaya le dos en la propulsant sur les genoux.

C'est là qu'elle décida que le défi était relevé. Sa mission accomplie. Celle que Jacqueline lui avait soufflée le matin même pour détendre l'atmosphère. Dans cette longère au pied des falaises, la plainte et le larmoiement n'avaient jamais eu leur place – même aux moments les plus tristes de sa vie –, et ce n'était pas maintenant que ça allait commencer. Jacqueline avait senti le poids qui pesait sur les épaules de sa petite-fille, la douleur enfouie et l'empathie qui la submergeaient. Alors qu'elle engouffrait, plongée dans ses pensées, ses tartines surmontées d'un voile de chocolat, la vieille femme avait perçu ses questionnements et ses incertitudes. Le flou qui planait sur sa vie. N'était-ce pas lui qui l'avait conduite jusqu'ici ?

— Dis-moi ce qui te tracasse, avait-elle murmuré. *Si bas que Margaux avait dû approcher son oreille pour pouvoir l'entendre.* Si jeunesse savait, si vieillesse pouvait, avait-elle ajouté, d'un air mystérieux, en la voyant hausser les épaules comme si de rien n'était.

— Je ne le connaissais pas, ce proverbe, avait-elle soupiré.

— Forcément, il me parle depuis peu… Depuis que cette fichue maladie sème des embûches sur mon chemin.

— Qu'entends-tu par là ?

— J'entends que toi, tu as les bras et les jambes que je n'ai plus. Mais par contre… *Elle se tapa le front.* Tout est là ! Plus de quatre-vingts ans d'expérience ! Laisse-moi t'aider à y voir plus clair !

— Dis tout de suite qu'il me manque une cervelle !

La vieille femme sourit.

— Et si on faisait un jeu ? Je te donne un défi… Accomplir quelque chose que je ne peux plus faire et qui me manque cruellement… Et toi, en retour, tu me poses toutes les questions que tu veux.

— Une sorte d'action-vérité, c'est ça ? J'incarne l'action et toi, la vérité ?

— Si seulement le contraire était possible…

Margaux avait posé sa main sur la sienne.

— Très bien. Je t'écoute… Quel défi ?

— Te baigner dans la mer !

Elle avait manqué de s'étrangler avec son morceau de pain.

— Encore ! Alexandre et toi, vous vous êtes donné le mot, ma parole ! Vous voulez vraiment que j'attrape la crève !

— Tu te dégonfles ?

Même malade et confinée au fauteuil, sa grand-mère était capable de la provoquer. Une expression de chipie qui la suivrait dans la tombe.

La couverture comme tente, et Nietzsche plaqué contre ses jambes, Margaux s'installa devant le feu en prenant la même pose que Jacqueline sur la plage. La pose « Madone » plutôt que « rouleau de printemps » qu'elle honora cérémonieusement en joignant les paumes de ses mains contre sa poitrine pour amuser sa grand-mère. Un sourire de courte durée qui s'effaça tout doucement pour sombrer dans un profond sommeil. Margaux observa, attendrie, son visage se déplisser comme un tissu qui se détend et décida de fermer les yeux à son tour. Adopter le rythme « Jacqueline », c'était avant tout ne rien s'imposer. Écouter les besoins et les envies de son corps. Grignoter de petites quantités toute la journée – sucrées de préférence –, goûter aux pétales de Virginie, partager une bouchée à la fleur d'oranger et en avoir les larmes aux yeux. Lire le dicton du jour : « Gelées de lune rousse, de la plante brûlent la pousse. » Le trouver triste et relire ceux des jours précédents. Rêvasser devant la fenêtre, chercher la mer derrière la lande. Jouer aux cartes, tricher sans en avoir l'air. Boire du rhum à la nuit tombée, le mélanger à l'eau gazeuse pour ne pas l'avaler de travers. Chercher une question à poser au jeu de la vérité.

— Alors ? J'attends, s'impatienta Jacqueline.

— Je ne sais pas... J'en ai tellement qui tournent dans ma tête en ce moment.

La vieille femme plissa les yeux en portant son verre à sa bouche, lentement, comme si elle voulait faire durer le plaisir. Les guitares du Buena Vista Social Club l'emmenaient déjà loin, de l'autre côté de l'Atlantique. Et Margaux était du voyage, avec le rhum qui lui brûlait la langue comme une gorgée de canchánchara.

— Parfois, vint-elle lui murmurer à l'oreille, je me demande ce qui me fait courir. Pourquoi je ne prends pas le temps de me poser... Cela me donne l'impression de vivre les choses plus intensément, de me sentir utile, forte, puissante... Libre. Est-ce la seule manière, pour moi, d'être heureuse ? *Jacqueline lui tapota la main d'un air satisfait.* Parfois, je doute... Comme ces derniers temps.

— Alors, continue de douter !... Tu pointes du doigt l'essentiel !

— Je savais que tu répondrais ça.

— Évidemment ! Sais-tu à quel endroit se forme une tornade ? *Margaux haussa les épaules.* Juste en dessous d'un nuage orageux.

— Pourquoi tu me dis ça ?... C'est moi, la tornade ?

Jacqueline hocha la tête.

— Et le nuage... Il est derrière toi. Tu ne t'en rends pas encore compte... Mais fais-moi confiance, fais-toi confiance... Tu vas tout droit vers le soleil.

Margaux ne chercha pas à la contredire. Avec tous ses dictons et ses métaphores, sa grand-mère avait le don de la perdre. Alors qu'elle pensait l'éclairer, la voilà qui flottait dans un ciel nébuleux, à attendre que perce le soleil.

— Dors bien, à demain ! la salua-t-elle en redescendant sur terre.

Elle attendit que Jacqueline ferme la porte derrière elle et que ses coups de canne s'estompent pour descendre une couette et un oreiller sur le canapé. Encore une nuit à se casser le dos au rythme du tic-tac de l'horloge du salon. À fuir l'étage et le sanctuaire à l'insu de sa grand-mère. La pauvre, ce n'était pas l'étage qu'elle fuyait mais l'étage qui la fuyait. La pente des escaliers lui était devenue si insurmontable qu'un lit médicalisé avait été installé dans le bureau du rez-de-chaussée. Bientôt, elle devrait accepter qu'une infirmière l'aide à s'habiller, se laver, se coucher. Et à la vitesse à laquelle sa maladie prenait le pas sur son autonomie, bientôt se rapprochait de demain. En ruminant ces idées sombres, Margaux prit soin de baisser la musique et d'ajouter une bûche au foyer. La nuit s'apprêtait à être longue. Qui sait ? Peut être lui porterait-elle conseil… Demain, elle appellerait sa nouvelle secrétaire pour organiser son planning. Ses directives ? Voyager moins, rentrer plus souvent à Fréhel, savoir dire non même au plus charmant et persuasif des tyrans. Ces résolutions, elle comptait bien les tenir tant que Jacqueline serait en vie. Et malheureusement, la fin n'était pas si loin. Elle n'y connaissait peut-être rien en médecine, mais elle le sentait. Dans ce combat perdu d'avance, Jacqueline n'avait jamais eu l'envie de se battre. Margaux poussa un long soupir en allongeant ses jambes par-dessus l'accoudoir. Le moment était venu de finir la boîte de pétales de chocolat. Lesquels n'avait-elle pas encore goûtés ? La framboise, la fleur d'ylang-ylang ? Nietzsche restait sur ses gardes, assis face à elle, comme s'il se méfiait. Cette blonde ne faisait pas partie du décor habituel ; et ses orteils en éventail, délicieusement colorés de rouge, il les aurait bien mordillés. Sans parler de ces sucreries posées sur son ventre qu'elle ne semblait pas vouloir partager. Margaux lui tira la langue teintée de chocolat, amusée par son regard insistant, et l'observa, surprise, courir vers la porte d'entrée. Ce chien philosophe serait-il susceptible ? Ou juste ultra-réactif ? Des pas se firent entendre sur le gravier, suivis du tintement de la clef dans la serrure. Quand l'air froid s'engouffra dans la pièce, la jeune femme recroquevilla ses jambes et ramena la couette sur son cou. Il se tenait dans l'encadrure de la porte. Pull marine ajusté, jean délavé, chaussures en toile. Pas de doute, c'était bien lui. Ses cheveux bruns avaient poussé depuis la dernière fois, et des boucles rebelles lui tombaient sur le front. Un visage amaigri, fatigué, encadré par une barbe de trois jours, qui rivait son regard au sien. Des yeux sombres, surpris, tourmentés. Lorsqu'il voulut s'approcher, Nietzsche le coupa dans son élan en posant ses deux pattes sur ses cuisses. Il resta à la fixer d'un air sérieux et pénétrant qui lui donna envie de se cacher derrière les coussins du canapé. Qu'est-ce qui avait changé entre eux ? Une intensité nouvelle qui la poussait à fuir ou à se jeter dans ses bras. La ressentait-il, lui aussi ? Elle l'attendait. N'était-elle pas venue – en partie – pour lui ? Pour honorer le deal de Raphaël ? Une histoire d'orchidée. Un échange de bons procédés. Elle lui sourit en se frottant le lobe de l'oreille. La tornade venait de quitter le nuage.

QUATRIÈME PARTIE

De l'extra dans l'ordinaire

28

Le dard du scorpion

Penché, le nez au-dessus de son aiguille, l'interne cherchait sa cible pour réaliser son geste. Le long de la colonne vertébrale, en regard des crêtes iliaques, pile entre les deux vertèbres lombaires, se dressait un scorpion. L'animal écartait ses pinces et allongeait sa queue, histoire d'être le plus gros possible et de lui compliquer la tâche. Traverser un tatouage avec son trocart, c'était prendre le risque d'envoyer des pigments en profondeur. Il fallait ruser, contourner la bête et viser juste. Alexandre tira la langue et pointa – légèrement en biais – juste à côté du dard.

— Attention à ne pas te faire piquer, le nargua l'infirmière à ses côtés. C'est mortel, le venin de scorpion !

Et Alexandre d'ajouter, le sourire aux lèvres :

— On fait vraiment un métier à risques ! *Avant de rassurer son patient :* La bête est maîtrisée, l'aiguille en place, on recueille quelques gouttes de liquide, puis c'est fini.

L'homme grimaça une ébauche de sourire. Sa position, courbée vers l'avant avec un pieu planté dans le dos, ne lui donnait pas vraiment envie de rire, ni le mal de tête et les nausées qui le tiraillaient depuis le matin. À sa nuque raide, son intolérance à la lumière et ses 38 °C de fièvre, Alexandre suspectait une méningite virale sans gravité. Quand il se redressa, veillant à ne rien toucher avec ses gants stériles, la tête de son co-interne apparut à travers la porte :

— Quand tu auras fini ta ponction lombaire, tu me rejoins dans le box d'à côté ?

— Un problème ?

— Disons que le diagnostic m'échappe... Si tu pouvais me donner ton avis avant de partir... Je profite d'avoir encore sous la main l'interne le plus expérimenté du service !

— Expérimenté... pour ne pas dire le plus ancien ! ajouta l'infirmière pour enfoncer le clou.

Alexandre sourit ; mais intérieurement, il avait plutôt envie de pleurer. Dans quelques minutes, son internat prendrait fin. Il transmettrait ses derniers malades, ferait ses adieux à l'équipe, puis regagnerait l'internat, le pas lourd, pour finir ses bagages. Une page se tournait avec la conviction que rien ne serait plus comme avant. Fini les années étudiantes et l'insouciance qui les accompagnait. La règle du « rien n'est grave, tout peut être remis à demain ». Fini la vie en communauté, les rythmes décalés, le bouillon des urgences avec son lot de surprises et de coups de théâtre. Fini les concerts improvisés, les fêtes du jeudi soir et les idées farfelues de la présidente. Quelle excuse inventer pour avoir le droit de rester plus longtemps ? Ne pas valider son stage aux urgences ? Trop tard.

— Le liquide est bien clair, comme de l'eau de roche. C'est plutôt bon signe. Je retire l'aiguille… Inspirez, soufflez.

Comment ne pas trouver le quotidien monotone après ça ? Reprendre le cours normal de la vie ? Alexandre quitta la pièce la mine triste et contrariée, comme piqué par le dard du scorpion. Le venin commençait à l'envahir et à alourdir ses épaules. Il pensait à son retour à Fréhel, au médecin généraliste qui comptait sur lui pour le remplacer, et à l'été sombre et morose qui s'annonçait. À la promesse qu'il s'était faite : veiller sur Jacqueline jusqu'à la fin et respecter ses dernières volontés. Pour la première fois, il sentait le poids des responsabilités sans avoir le droit de reculer.

— Je n'y comprends rien, lâcha le jeune interne. Cette patiente se tord de douleur, ça ne m'a pas l'air inquiétant pourtant… Je me demande si elle n'en rajoute pas un peu… Je te laisse juger par toi-même.

— Ouille… Aïe… Ouille ! entendit-il hurler depuis le couloir.

Un cri à la fois aigu et éraillé qui ressemblait étrangement à celui d'un cochon qu'on égorge. Dès qu'il ouvrit la porte, la femme assise sur le brancard gémit de plus belle. Pour dégager les mèches devant ses yeux, elle secouait sa chevelure rousse et épaisse dont les reflets brillants lui donnaient un aspect synthétique. L'interne hésita avant d'approcher. En gigotant, le drap bleu venait de glisser, laissant entrevoir une énorme poitrine engoncée dans un soutien-gorge rose fluo, lui-même gainé dans un débardeur en résille. Son visage anguleux avait quelque chose de familier.

La courbure de son nez, ses petits yeux bruns pétillants, cette bouche fine peinturlurée de rouge et cette barbe de trois jours.

Une barbe !

— Bonjour, madame, heuh… monsieur, dit-il un peu décontenancé. On m'a demandé de venir vous examiner… Montrez-moi… Où avez-vous mal ? Je n'ai pas bien compris.

— Mais là, docteur ! cria-t-elle en empoignant ses deux tétons. Ça ne se voit pas ? Ils sont gonflés… gonflés à bloc… Prêts à éclater ! *Un bruit d'explosion se fit entendre, suivi d'un « pschittt » de plus en plus faible. Comme un ballon de baudruche qui se dégonfle.* Ouille… Aïe… Ouille ! Faites quelque chose, docteur !

Alexandre se mordit les lèvres pour ne pas rire en observant la poitrine vibrer, puis s'aplatir comme une crêpe.

— Surpriiiise ! hurla-t-on derrière lui, avant qu'une vague de frissons le traverse.

Marie-Lou, Farah, Marie, Matthieu et les autres venaient de remplir le box avec leurs cris stridents, et il mit quelques secondes à réaliser. Les geignements de « Miss gros seins » se muèrent en fou rire, et le visage hilare de Bertrand apparut sous la perruque. Mais oui, bien sûr !

— Qu'est-ce que tu croyais ?… On n'allait quand même pas laisser notre pote partir comme ça !

Alexandre baissa la tête pour masquer son émotion, et Marie lui sauta dans les bras :

— Comme c'était râpé pour l'enterrement de vie

de garçon… on a pensé à un enterrement de vie d'interne ! Ha ha ha !

— Ha ha ha ! répéta-t-il en secouant la tête. Elle est bonne, celle-là !

Puis il se laissa entraîner hors des urgences, maquillé, déguisé, soulevé par ses camarades. Le joyeux convoi parada jusqu'à l'internat, où le reste de la troupe les attendait pour entamer les festivités. Et tout s'enchaîna sans qu'il voie le temps passer : un concert improvisé dans le salon avec Marie au micro et Bertrand à la flûte traversière, un blind-test avec des gages absurdes à la clef, une orgie de gâteaux au chocolat – petit clin d'œil de Marie-Lou –, un bêtisier – juste pour rire – du « Qui ne se plante pas ne pousse jamais », un cours de zumba pour les nuls animé par Marie, un tournoi de ping-pong les yeux bandés, des glissades sur de l'eau savonneuse et quelques dérapages. Des dérapages inavouables entrecoupés de tournées de bières dont la plupart ne se souviendraient même plus le lendemain.

Au petit matin, Alexandre leva son verre, les yeux ternes et larmoyants :

— Vous allez me manquer, les amis !… Sans vous, la vie va me paraître bien calme.

— Qu'est-ce que tu racontes ? réagit Marie en l'enlaçant par-derrière.

— L'alcool m'a toujours rendu lucide… Lucide et triste.

Ils baissèrent leurs verres, troublés par l'émotion de leur ami.

— Marie… Annule la strip-teaseuse. Ce n'était pas

une bonne idée, enchaîna Bertrand pour détendre l'atmosphère.

— Et on oublie le diaporama pour le faire pleurer, ajouta Marie-Lou. Il pleure déjà !

Alexandre se frotta le menton.

— Désolé si je gâche la fête.

Quand il tenta de trinquer à nouveau, aucun mot ne sortit de sa bouche.

— À la renaissance de ta vie de garçon ! l'aida Marie, en cognant sa chope contre la sienne.

Il sourit.

— Avec tous tes jeux de mots, je croirais entendre ma grand-mère !

Elle posa sa tête contre son épaule.

— Alors, je prends ça pour un compliment !

La lune rousse éclairait l'allée lorsque les pneus de la voiture crissèrent sur les graviers. À la lumière qui perçait les rideaux en dentelle, quelqu'un veillait encore. Alors qu'il posait sa valise dans l'entrée, fatigué et résigné, son regard accrocha le sien. Ces derniers mois, chaque fois qu'il avait poussé cette porte, il avait secrètement espéré tomber sur elle. Et voilà qu'elle se tenait devant lui, recroquevillée sur le canapé, juste au moment où il n'y croyait plus. Surprise et désarmée. Ses grands yeux lavande dépassant à peine de sa couette. Il allait s'avancer quand Nietzsche le stoppa en lui perçant les cuisses de ses griffes. Pourquoi dormait-elle au milieu du salon ? Était-ce sa fameuse allergie aux acariens ? Sa peur de monter à l'étage ? Ou alors, elle l'attendait. Il repoussa doucement l'animal de la main et s'approcha. Quand la marquise se redressa et que le décolleté de sa nuisette en satin pointa par-dessus la couette, il déglutit. On était loin de la robe de chambre en pilou et des grosses chaussettes en laine. Loin de l'œil-de-bœuf. Et voilà qu'elle lui souriait en gonflant la poitrine, l'air coquin et timide à la fois. Combien de fois avait-il rêvé de ce moment ? L'avait-il désiré ? Une vague de chaleur déferla dans la pièce en renversant tout sur son passage. Il se retrouva agenouillé devant elle, les mains plaquées sur ses épaules, le regard brûlant, incandescent. Elle ne recula pas, au contraire, son menton se releva pour lui offrir ses lèvres. Des lèvres fines, appétissantes et aventureuses, qui sentaient bon le chocolat, et dont la première caresse apprivoisa les siennes.

— Ça t'a plu ? lui susurra-t-il d'un sourire attendri, en prenant un peu de recul.

— Étonnant… Ça mériterait de recommencer.

— À vos ordres, Madame la marquise, dit-il en fermant les yeux pour mieux savourer le plaisir.

Son souffle chaud et sucré s'immisça au plus profond de son âme.

— L'arôme est délicieux, long en bouche, et la texture soyeuse, lui glissa-t-elle du bout des lèvres, les yeux rieurs et malicieux. J'adore, j'en veux plus ! Ça me donne envie de croquer.

Vint la morsure délicieuse – plus dangereuse encore que le dard du scorpion – qui le fit frissonner. Qui s'aventura un peu plus loin sans qu'il contrôle plus rien.

29

Mieux vaut ajouter de la vie aux années qu'ajouter des années à la vie

Les arômes de café et de pain grillé parfumaient la cuisine quand ils rejoignirent Jacqueline autour de la table. Des arômes que la vieille femme se plaisait à sentir sans pouvoir désormais y goûter. Recourbée sur son fauteuil roulant, elle boudait sa compote et son pot de yaourt, préférant tourner les pages de son almanach, lorsque son expression s'illumina.

— Alexandre ! Viens là que je t'embrasse… Quand es-tu arrivé ?

— Hier soir, dit-il en se penchant pour lui présenter sa joue.

— Je n'ai rien entendu… Il était tard ? Margaux, tu étais déjà couchée ?

Pouvait-elle arrêter de les scruter avec son air de chipie conspiratrice ? Ils fixèrent la nappe en hochant la tête comme deux automates, un sourire gêné suspendu à leurs lèvres. Était-elle au courant de quelque chose ? Avaient-ils fait tant de bruit ? Ils repensèrent à la phrase qu'elle aimait leur répéter : « Attention, dans cette maison, les murs ont des oreilles. » Et si c'était vrai ?

— Mes deux enfants réunis… Longtemps que j'attendais ça ! Tous les trois, comme au bon vieux temps, marmonna-t-elle en boucle. Regardez-moi… Pourquoi ces petites mines déconfites ? Vous n'êtes pas contents de vous voir ?

Leurs regards se croisèrent un instant. Troublés, amusés, embarrassés. Alexandre remarqua sur Margaux le suçon à la racine de son cou, la joyeuse pagaille dans ses cheveux, sa bouche muette sur laquelle il s'était endormi. La marquise était encore plus belle au naturel. Sans fards, le front fripé du matin et les joues rougissantes de toutes ces choses qu'elle avait osé lui faire. Ses doigts experts qui l'avaient déshabillé sur le canapé, ses ongles un peu longs qui lui avaient griffé le dos, ses dents aiguisées qui lui avaient croqué l'oreille, son bras étrangement docile et confiant qui s'était laissé entraîner jusqu'à l'étage. Son corps, doux et féroce à la fois, qui s'était imbriqué dans le sien jusqu'au petit matin. Comme si leur vie en dépendait, comme s'ils ne formaient plus qu'un.

— Alexandre ? Tu m'entends ? insista Jacqueline d'une voix hachée, presque inaudible.

— Excuse-moi… Tu disais ?

— Tu sais que Margaux t'a encore emprunté ta combi ?

— Tu t'es baignée ? Toi ? *La marquise riva son regard au sien, fière et victorieuse.* Que s'est-il passé ? Nietzsche a encore mangé du chocolat ?

Et Margaux pouffa de rire en recrachant sa gorgée de thé.

Si Jacqueline gardait son sixième sens et son esprit vif, son corps, lui, faiblissait de semaine en semaine. Le moindre acte de la vie quotidienne devenait périlleux. Marcher, même quelques pas, les deux mains appuyées sur son déambulateur. Parler, même quelques phrases entrecoupées de longs silences. Manger, même quelques bouchées hachées finement. Boire, même quelques gorgées d'eau gazeuse ou épaissie. Et chaque fois qu'Alexandre lui parlait de rendez-vous médical, de médicaments pour soulager ses crampes, de compléments alimentaires pour la remplumer, de passages d'infirmiers, la vieille femme retrouvait l'énergie et la voix pour les contester :

— Alexandre… Laisse faire la nature. Je ne veux pas de tuyaux, de piqûres, de comprimés ni de crèmes infâmes. Tu m'entends ? Juste du rhum et du chocolat.

— Du rhum, de la bière et du sexe ?… Tu ne vas pas aller bien loin avec ça, soupira-t-il.

— Et alors ?… Mieux vaut ajouter de la vie aux années qu'ajouter des années à la vie. Tu n'es pas d'accord ?

Il haussa les épaules.

— À quelle page de l'almanach doit-on cette grande phrase ? *Devant son air buté et sa mine renfrognée, il ajouta :* Tu sais ce que tu es en train de faire ? Une allergie aux blouses blanches…

— Et alors ?

— Un phénomène inédit qu'on n'apprend même pas en médecine.

— Un phénomène « Jacqueline » ?... Ha ha ha ! Ça me plaît d'être un phénomène !

Et ils se mirent à rire tous les trois. Sur ce point, ils étaient tous d'accord ! En les regardant dévorer leurs tartines, la vieille femme daigna entamer sa compote, comme si – en plus de la bonne humeur – la faim était communicative.

— Et si je demandais à Sandy de passer l'été avec toi ? proposa Margaux.

— Sandy ?... Ta secrétaire ?

— Son vrai métier, c'est auxiliaire de vie. Ne me demandez pas pourquoi elle travaillait pour moi, c'est une longue histoire.

— Dis-moi, elle ne portera pas de blouse au moins ? s'inquiéta Alexandre.

— Uniquement si Jacqueline insiste !

Étrangement, sa grand-mère ne sembla pas s'y opposer.

La mer était calme et reflétait la roche comme un miroir. Une nappe orange tapissée de vert qui ondulait à la surface. En ce début du mois de mai, les oiseaux nichaient sur les rochers du cap ; et Alexandre approcha sa barque tout près des falaises pour mieux les observer.

— Tu vois les traînées blanches, là-bas juste en dessous du phare ? *Margaux, assise à l'avant, ajusta ses jumelles.* Les petits points brun foncé serrés les uns contre les autres… Ce sont des guillemots… Quelquefois, on peut même voir des pingouins.

— Et ces autres taches noires là-bas ?

— Sur le rocher de la Fauconnière ? Ce sont des cormorans huppés. Il y en a aussi dans l'eau, autour de nous. Regarde !

L'idée d'être seuls au monde au milieu des oiseaux, avec le bruit des vagues et le cri des mouettes comme fond sonore, leur convenait parfaitement. En se retrouvant tous les deux à la lumière du jour, ils réalisaient qu'ils avaient le pouvoir et la liberté de continuer leur petit jeu grisant. Ce premier pas franchi, cette pudeur dissipée, ils pouvaient à loisir s'approcher, se goûter, tester l'arôme de leurs baisers, sans penser à la suite, sans savoir où cela les mènerait. À quoi bon se poser la question ? Cette bulle de légèreté et de tendresse, n'en avaient-ils pas besoin pour affronter le reste ? Le courant les rapprocha de la côte, et ils allèrent s'échouer sur une des plages à flanc de falaises. Celles qui disparaissent à marée haute et auxquelles on ne peut accéder que par la mer. Le soleil rasant du soir projetait leurs ombres sur le sable pour n'en former plus qu'une, oblongue et fixe, au milieu des galets. Bien au chaud sous leurs cirés, leurs fronts collés et leurs bras enlacés, rien n'aurait pu les faire bouger. Sauf peut-être l'eau montante qui viendrait bientôt leur lécher les bottes.

— Alexandre, souffla Margaux dans un murmure. Tu sais, à Cuba… Cette soirée dans ce bar de Trinidad, cette canchánchara, cette salsa enivrée… Je me souviens de chaque détail.

— Pourquoi me dire ça maintenant ?

— Parce que je ne veux pas de mensonges entre nous.

Elle prit sa main dans la sienne et la tourna dans un sens puis dans l'autre, d'une moue inquisitrice. Il se laissa faire, impassible. Quand elle chatouilla son annulaire, il sut où elle voulait en venir et attendit sa question :

— Ça va mieux ?... Ça ne te gratte plus ?

Il plongea ses yeux dans les siens. Un regard triste et soulagé à la fois. D'une extrême douceur.

— Je... je crois que je suis guéri.

— Tant mieux !

— « Qui ne se plante pas ne pousse jamais », comme dirait Jacqueline.

— Moi je préfère : « La vie, c'est comme une boîte de chocolats. Alors, pourquoi se priver ? Croquez-la à pleines dents. »

— Croquer ?... Euh, oui, je crois que tu l'as bien compris, grimaça-t-il en se frottant l'oreille.

Elle sourit et tourna la tête pour recommencer.

En revenant de leur escapade, le teint hâlé et les cheveux durcis par le sel, ils trouvèrent Jacqueline là où ils l'avaient laissée : dans son fauteuil, un livre de voyages sur les genoux, dodelinant de la tête au rythme de la musique cubaine.

— Alors, comment vont mes guillemots ?

— Bien tranquilles sur leur falaise, répondit Margaux en déposant sur la table quelques coquillages et galets trouvés sur la plage.

— Et sont-ils amoureux ? *La jeune femme fronça les sourcils.* Ha ha ha ! Je parlais de vous. Les guillemots, c'est vous ! *Leur bouche bée lui rappela l'expression qu'ils prenaient quand elle leur lisait des histoires. Deux ronds passionnés, absorbés dans leurs pensées.* Pourquoi vous cacher ? Alors que vous ne pouvez pas me faire plus plaisir !... Plus de vingt ans que j'attendais ça !

Tout semblait plus clair désormais. Son coup monté, leur escapade à Cuba. Le message qu'elle avait laissé sur leur portable :

« Je passe mon temps à vous regarder. Depuis que vous êtes tout petits, je ne peux pas m'en empêcher. Mais là, c'est différent. Une impression d'urgence. Oui, c'est le mot. Je ne pouvais pas vous laisser continuer comme ça... Dansez pour moi, les enfants, dansez ! »

Qui a dit qu'il y avait un âge pour jouer les entremetteuses ? Même s'ils n'étaient sûrs de rien, si l'avenir était incertain, si le monde de Margaux était bien différent de celui d'Alexandre. Même s'ils ne s'étaient rien promis. Les deux guillemots prirent conscience de l'effet qu'ils provoquaient chez Jacqueline, de l'espoir qu'ils incarnaient. Et comme d'un commun accord, ils se serrèrent l'un contre l'autre en enlaçant leurs ailes, comme s'ils voulaient lui dire : « Ne t'inquiète pas, tu peux partir en paix. »

— *Game over*, murmura Margaux dans l'oreille d'Alexandre, provoquant chez lui un sourire convaincu.

— Et si on dansait ? proposa-t-il soudain, en libérant son étreinte.

La vieille femme leva sur lui un regard surpris et hésitant, puis se laissa faire. Elle était si petite et si légère que dans ses bras, ses pieds quittèrent le sol. Une poupée de chiffon suspendue dans les airs, une marquise au chignon flou et à la robe à froufrous. Un phénomène qui volait en suivant la cadence. Qui souriait à sa petite-fille, la tête renversée en arrière. Et un, et deux, et trois…

30

À la Saint-Didier, soleil orgueilleux nous annonce un été joyeux

Depuis quelques semaines, le cabinet d'Alexandre ne désemplissait pas. Tout le monde s'était donné le mot pour venir consulter le remplaçant du Dr Leroux. Ceux qui le connaissaient déjà, qui l'avaient vu grandir, et puis ceux qui en avaient seulement entendu parler. Le bouche-à-oreille allait bon train sur les trottoirs et dans les files d'attente des différents commerces. Le p'tit gars du coin attisait la curiosité. La grande question : allait-il rester ?

— Bonjour, je me présente : Mme Michel… Vous vous souvenez de moi ? *Il secoua la tête, un peu gêné. Ce visage rond et ces pommettes hautes lui disaient vaguement quelque chose.* Madeleine ! Je faisais le service à la cantine. Je vous ai connu tout petit !… Alors ? Vous allez prendre la suite du Dr Leroux ? À soixante-huit ans, il a bien mérité sa retraite… Le pauvre ! L'hiver dernier, pendant l'épidémie de grippe, il a fait une sorte de *burn-aoute* et il a bien failli y rester… Un *infractus* ! Et vous savez combien de temps il s'est arrêté ?... Une semaine ! Vous vous rendez compte ?

— Le pauvre, répéta-t-il, compatissant. Et sinon, je peux faire quelque chose pour vous ?

— Euh, oui... Si vous insistez... Vous pouvez prendre ma tension.

Alexandre avait refermé la porte, le sourire aux lèvres, avec dans les mains, un cageot rempli de choux-fleurs et de radis du jardin. La proximité, le contact avec les gens, voilà ce qu'il appréciait le plus dans la médecine générale. Déjà qu'il se savait attendu, maintenant on lui offrait des cadeaux ! Bientôt, on lui déroulerait le tapis rouge. Et peut-être même plus tôt que prévu :

— Bonjour, je me présente : M. Mellan, le maire de la commune. Je ne viens pas vraiment pour une consultation, s'excusa-t-il en ouvrant sa veste pour dévoiler son écharpe bleu-blanc-rouge. Enfin, si vous voulez prendre ma tension... *La tension ? Elle avait bon dos, celle-là. Allaient-ils tous lui servir la même excuse ?* Je tenais à vous informer que nous sommes en train de construire une maison médicale toute neuve près de l'église. Local spacieux, accès handicapés, énergie passive, parking privé, continua-t-il d'un ton cérémonieux et solennel. *Le fameux tapis rouge !* Il y aura de la place pour plusieurs médecins, infirmières, kinésithérapeutes, orthophonistes... Alors, si vous êtes intéressé, les travaux seront terminés à la fin de l'année.

Rester, s'installer, poser sa plaque. Ils avaient tous ces mots à la bouche. Pourtant, s'il y avait bien une chose qu'il se refusait à faire, c'était penser à l'avenir. Tant que Jacqueline était en vie, qu'elle avait besoin de lui, il n'envisageait pas de vivre ailleurs, mais après ? Rien ne le retenait ici. Sauf peut-être sa barque et sa canne à pêche, l'observation des oiseaux, une sieste sur la plage à l'abri des falaises, une plongée dans les grottes du cap Fréhel, une partie de pêche aux lançons sur la plage des Sables-d'Or, une baignade dans la lagune, une soirée chez Josette à jouer au flipper. Pourrait-il vraiment être heureux autre part ? Rester, n'était-ce pas s'enterrer, faire une croix sur tout le reste ? Et Margaux dans tout ça ? Quelle place prendrait-elle ? Dans quelle direction aurait-elle envie d'aller ? Il repensa au dimanche où il l'avait laissée sur le quai de la gare de Lamballe. À sa robe blanche qui flottait sur le quai. À ses ballerines sur le marchepied. À leur dernier baiser. Au pincement, une fois le dos tourné. Celui qui creusait encore sa poitrine. À Fréhel, on pratiquait la conchyliculture, on cultivait le maïs et le colza, on élevait des chèvres pour faire du fromage, mais – sauf erreur de sa part – on ne fabriquait pas des chocolats de luxe pour les vendre rue du faubourg Saint-Honoré ni dans les capitales du monde entier. On ne décidait pas d'être à Milan à midi, puis à Stockholm à minuit. À Fréhel, on écoutait la nature, on rêvait devant la mer, on vivait au rythme des marées. Comment pouvait-il espérer une seconde qu'elle veuille bien y poser ses valises ? À moins de croire aux contes de fées, pensa-t-il en mordillant la pointe de son stylo, lorsqu'on sonna à la porte :

— Bonjour, je me présente : M. Casanova… Je peux entrer ? Vous êtes encore ouvert ?

L'homme s'assit sans même attendre la réponse. Cheveux gominés, raie sur le côté, costume repassé et mouchoir plié dans la poche de sa veste, son nom de famille lui allait comme un gant !

— Avec le Dr Leroux, j'ai pris l'habitude de venir tous les vendredis soir. Une visite de routine…

— Une prise de tension, peut-être ? proposa Alexandre, d'un air résigné, en brandissant son tensiomètre.

— Euh… Oui, entre autres. Et si vous pouviez ausculter mon cœur et mes poumons, vérifier l'état de mes tympans, mes amygdales, la taille de mes grains de beauté…

Et le niveau d'huile ? L'état des suspensions ? Le jeune médecin s'efforça de garder son sérieux devant la mine grave qui lui faisait face. En feuilletant son dossier, il ne fut pas étonné d'y trouver en grosses lettres :

HYPOCONDRIE. ÉCOUTE, SOUTIEN, RÉCONFORT.

— Tenez ! Ce sont mes directives anticipées, déclara-t-il en lui tendant un document qu'il venait de sortir de son cartable. Vous savez, au cas où mon état se compliquerait… C'est noté noir sur blanc : pas d'acharnement thérapeutique, pas de transfert à l'hôpital, juste de quoi abréger mes souffrances… Enfin, rassurez-vous. Là, tout va bien, ajouta-t-il devant l'air stupéfait d'Alexandre, qui s'entendit répondre machinalement :

— Je comprends, on ne sait pas de quoi demain sera fait.

Une phrase de Jacqueline gardée dans un coin de sa tête qui refaisait surface.

— Oui, c'est justement ce que je me dis tous les jours depuis l'infarctus du Dr Leroux. Et comme je n'ai aucune famille autour de moi, vous êtes le seul à qui je peux me confier.

Une santé de fer, une tension de jeune homme, des tympans de sous-marinier, une vue d'aviateur, un cœur de séducteur, une peau de bébé. Aucun signe d'alerte avant la semaine prochaine. M. Casanova pouvait partir tranquille ! Avant de fermer son cabinet, Alexandre parcourut sa liste de directives anticipées de plus près. Une liste détaillée qui énumérait – mot pour mot – la situation médicale de Jacqueline et les souhaits qu'elle avait exprimés. Était-ce un coup monté de sa part ? Avait-elle fait exprès de l'envoyer ? Comme un messager pour lui livrer ses dernières volontés. Depuis quelques jours, il avait senti qu'elle décrochait, qu'elle perdait pied. Ses sourires se faisaient de plus en plus rares, elle n'avait plus goût à rien. Et certains matins, elle n'avait même plus la force de se lever.

Comme cette matinée où il la trouva en pyjama, allongée au fond de son lit, les yeux tournés vers la fenêtre.

— Tu as vu ? Il pleut.

— Et alors ?… Ce n'est pas un petit crachin breton qui va t'empêcher de sortir ! Un jour de marché en plus !

Elle grimaça en désignant l'almanach posé sur la table de nuit :

— Regarde le dicton du jour.

Il lut tout haut :

— « À la Saint-Didier, soleil orgueilleux nous annonce un été joyeux. » Plutôt sympathique, ce Didier, non ?

— Et la pluie ? Qu'annonce-t-elle, Alexandre ?

— Je… je n'en sais rien… Il faudrait le lui demander ! Tu veux qu'on l'appelle ?

— Ne sois pas bête ! C'est la fin, je le sens… Je suis en train d'être emmurée vivante… Et les saints semblent du même avis.

Il feignit n'avoir rien entendu, mais sa dernière phrase venait de lui glacer le sang. Il ouvrit grand les rideaux pour faire entrer la lumière et la redressa sur son lit à l'aide de la télécommande.

— On ne va quand même pas laisser Didier te saper le moral ! Regardons un peu les jours d'après : tiens, le 26 mai ! La Saint-Philippe. Je l'aime bien, celui-là ! Écoute ça : « Quand il pleut à la Saint-Philippe, le pauvre n'a pas besoin du riche. » Tu entends ? La pluie, ce n'est pas forcément négatif ! Elle s'est juste trompée de jour. On l'attendait dans quelques jours seulement… Ça arrive.

Jacqueline esquissa un sourire.

— Regarde-moi ! *Il leva son menton avec la pulpe de son index.* Ah, je préfère ça !

À peine la porte franchie, il changea d'expression. Il ne l'avait jamais vue dans cet état. Cette maladie – en plus de grignoter son corps – entamait son mental, son entrain et son optimisme. Devant lui, la femme la plus rayonnante qui soit était en train de s'éteindre à petit feu, et il se sentait tellement impuissant. Comment pourrait-il supporter de la voir dépérir, se décharner sous ses yeux ? Il commença à manquer d'air. Dehors, sous le crachin breton, ses larmes se mêlèrent à la pluie. Que pouvait-il faire pour l'aider ? Pour soulager sa peine ? Faire tomber les murs qui l'enserraient ? Jeter ce satané almanach ? Installer un parapluie tout autour de la maison ? L'emmener au soleil ? À Trinidad, chez Dolores ? Il se frotta le menton en cherchant une solution, lorsque son téléphone vibra dans sa poche pour la lui livrer :

— Sandy ?... Merci d'appeler pour avoir de ses nouvelles... Non, pas fort, malheureusement... C'est vrai ? Margaux t'en a parlé ?... Qu'en penses-tu ? Je te préviens, ça risque d'être un boulot à temps plein... Ça te semble jouable ?... Et quand serais-tu disponible ?

Une présence. Neutre, bienveillante. Voilà ce dont Jacqueline avait besoin. Elle, comme lui. Assis sur le banc, le museau de Nietzsche posé sur ses genoux, il poussa un long soupir de soulagement. Un instant, il imagina Jacqueline traverser le jardin avec son râteau et sa bêche, chantonner de sa voix fluette, sautiller dans ses bottes, s'extasier devant la glycine en fleur, faire la course avec son chien, se pencher sur le saule pleureur qu'elle venait de planter.

Toutes ces choses qu'elle ne pouvait plus faire.
N'était-ce pas le plus douloureux ?
À chaque jour son deuil.

Il le pressentait.
Dorénavant, ce jardin serait calme et silencieux.
L'été serait frais et pluvieux.
Et surtout, pour Jacqueline, ce serait le dernier.

31

La partie de flipper

Margaux le repéra tout de suite, dans l'angle au fond du bar. À cette heure de l'après-midi, elle savait qu'elle le trouverait là. Son visage penché, l'air concentré. Sa barbe qui durcissait son profil, sa peau tannée par le soleil et le sel, ses cheveux bruns en pagaille. Son pantalon de toile bleue et sa chemise cintrée retroussée au milieu des avant-bras. Après avoir fait signe à Raphaël de partir, elle continua à jouer les espionnes depuis la fenêtre. Dans sa façon de poser ses poignets en y mettant tout son poids, d'écarter les coudes et de frapper énergiquement les touches du flipper, Alexandre avait quelque chose d'enfantin, de fougueux, d'insouciant. Lui, si sérieux et si calme habituellement. Alors que le mois d'août touchait à sa fin, que les grandes marées balayaient les plages et emportaient les touristes, le bar de Josette avait retrouvé son calme et les habitués, leur place au comptoir. Pendant qu'ils s'échangeaient les nouvelles – « se tenaient au jus » comme ils disaient –, Alexandre, lui, se tenait à l'écart. C'était devenu un rituel à la fermeture de son cabinet, il débarquait dans le bistrot, fatigué, tendu et tous s'étaient mis d'accord pour le laisser tranquille. La voix tonitruante de Josette baissait d'un ton, les discussions et les rires s'étouffaient. Et même s'il était tentant d'aller lui parler de sa santé, de celle du voisin, d'aborder la retraite du Dr Leroux, la nouvelle maison médicale, de s'enquérir de l'état de Jacqueline, on s'abstenait. On vérifiait juste qu'il n'avait besoin de rien, qu'il n'avait pas trop mauvaise mine, on le regardait du coin de l'œil chahuter la carcasse métallique. Et plus il la secouait, plus les meubles et les bibelots vibraient autour, plus l'on était rassuré. Ce jour-là, il était plutôt en forme.

— Mais'ega'dez don' qui voilà !… Mais qu'el' est belle ! Une g'ande dam' de la capitale ! s'époumona la tenancière sitôt que Margaux franchit la porte.

Rouge à lèvres groseille, robe bustier légère et minimaliste, petits mollets galbés par les talons aiguilles. Quand la rangée d'yeux curieux la déshabilla depuis le comptoir, la reine de Saba ramena son châle pour couvrir sa poitrine et regretta de ne pas s'être changée sur le trajet depuis l'aéroport. Cette pudeur soudaine la surprit. Elle, plutôt flattée habituellement par ce type de réaction. Dans ce décor, pourquoi avait-elle l'impression d'être déguisée ? Comme si, ici, elle se sentait différente, avec l'envie de se fondre dans la masse. Surtout quand, plus loin, un regard soucieux vint heurter le sien. Sombre et ténébreux, auréolé de cernes. Un visage fermé qui bouda son sourire et se détourna aussitôt pour revenir à sa partie. Elle s'approcha lentement, en faisant glisser ses talons sur le carrelage luisant. Sur son chemin, elle croisa un vieillard attablé qui montait la garde, la main posée sur la poignée de sa canne. Le visage rougi, bouffi, le nez criblé de trous, les yeux perdus dans le vide. Sans doute le seul à ne pas l'avoir remarquée. Que faisait-il avec ce stéthoscope dans les oreilles ? Celui qui pendait le long de sa poitrine courbée comme un serpent à son cou. Son cœur n'était-il pas trop haut situé pour entendre ses battements ? Qu'écoutait-il alors ? Le ronronnement du chat de la patronne ? Le bruit des fourmis ? Le frottement de ses pas ? Margaux le contourna pour s'approcher du joueur solitaire. Postée juste derrière lui, elle observa les pans de sa chemise danser et les muscles de son cou se tendre à chacune de ses frappes. Lui, feignait toujours de l'ignorer, concentré sur sa bille. Une bille nerveuse, fugueuse et rapide qui cognait contre les parois et qu'il faisait remonter inlassablement au son d'une petite musique électronique. Doucement, elle se colla à lui, l'oreille contre son omoplate, les bras enroulés autour de sa poitrine. Le bois de cèdre envahit ses narines et se mêla à l'orange amère du Picon-bière. Elle ferma les yeux. Alexandre ne réagit pas à sa présence – pas même un sursaut. Ses deux parties, il comptait bien les finir. Il savait qu'il en avait besoin pour passer à autre chose, comme une remise à zéro. La première pour gommer les rencontres et les problèmes du jour. La deuxième pour se sentir d'attaque, être capable de prendre la relève de Sandy, se montrer disponible pour Jacqueline. Trois semaines qu'il ne l'avait pas vue, sa marquise. Qu'elle papillonnait loin de lui, dans le pays du chocolat. Que sa vie palpitante contrastait avec la sienne. Même s'il ne lui demandait rien, s'ils ne s'étaient rien promis. C'était plus fort que lui. Quand elle se pointait sans prévenir – pomponnée, rayonnante –, il avait envie de mordre. Ce sourire naïf, maquillé, avait quelque chose d'indécent, comme la couleur un jour de deuil.

— Tu ne me dis pas bonjour ?

— Bonjour, répéta-t-il mécaniquement la mâchoire serrée, sans quitter des yeux la machine.

Pour masquer son trouble, Margaux s'engagea dans un monologue. Elle lui raconta Berlin. Les coins cachés en retrait des rues bruyantes, trop larges et aseptisées. Les petits havres de paix où le charme se voulait bohème et le désordre joyeux, où l'on s'asseyait par terre, où l'on buvait à la bouteille, où les enfants jouaient sur l'herbe clairsemée. Et à chaque vibration de l'omoplate, sa voix se mettait à sautiller. Elle parlait vite, Margaux. Parce que le silence lui faisait peur. Parce que ça l'empêchait de pleurer.

— Le parc Monbijou, tu connais ? Drôle de nom, hein ? Ça sonne français… Ma boutique est à quelques pas. Si tout va bien, l'inauguration aura lieu dans quelques semaines.

Son discours lui paraissait futile, elle le sentait. Alexandre était loin. Ces derniers temps, dès qu'il n'était pas question de vie ou de mort, il décrochait. Comme si la vie était une corde raide qui n'avait pas droit à sa dose de légèreté. Était-ce la même chose avec tous les médecins ? Ce sérieux, cette pesanteur. Ou était-ce lié à son humeur du moment ? Elle aurait aimé l'interroger sur l'état de Jacqueline, son ressenti, sa cohabitation avec Sandy, mais ce genre de questions se posait dans le blanc des yeux. Pas dans le dos.

Toujours collée à son perchoir, Margaux en était arrivée à la gastronomie allemande – aux harengs à l'aneth, à la pomme de terre prussienne, à la bière au sirop d'aspérule –, mais vint le moment où elle n'eut plus rien à dire. Où elle resta sans bouger à attendre que le jingle final retentisse et que l'écran de chiffres se mette à clignoter. Quand le corps fébrile commença à s'apaiser, elle osa un :

— Je peux jouer, moi aussi ?

C'est là qu'il se retourna, impassible. Si près que leurs nez se frôlèrent.

— Ici, on ne joue pas, Bergamote.

— On explose les scores, en tout cas ! *Il haussa les épaules.* Combien pour une partie ? Deux euros ?

C'est Josette qui répondit à sa place, comme si elle était en train d'écouter aux portes :

— C'est cin' f'ancs !… Qu'e'k'qu' tu c'ois, c'est une v'aie pièce de colle'tion !… J'ai ga'dé que'ques vieux sous. Comme ça, j' choisis moi-même qui a le d'oit d'jouer !… Tiens !

Alors que Margaux s'approchait du comptoir pour attraper la grosse pièce argentée, Alexandre prenait la direction de la sortie d'un pas traînant et nonchalant.

— Tu t'en vas ?

— Oui, je dois rentrer.

— Reste… Parle-moi, trancha-t-elle en lui agrippant le bras avant de l'entraîner à une table.

La seule de libre. Enfin presque, celle du vieillard qui écoutait son cœur.

— Désolé... En ce moment, je n'ai rien à donner, murmura-t-il en baissant la tête.

— Je te demande rien, juste un sourire... Pourquoi ce changement de comportement ? Je ne comprends pas... *Il resta à fixer le plateau en formica.* Josette ? On pourrait avoir deux bières ?

— Non... Pas pour moi !

— Alors deux verres de rhum ! cria-t-elle du tac au tac.

Cette fois, il ne la contredit pas et la défia du regard. Et un instant, elle crut qu'il souriait.

— Je crois qu'on nous observe, lâcha-t-il en direction du vieil homme dont le visage venait de s'éveiller, attisé par la curiosité.

— Il t'a piqué ton stéthoscope ?

— Gaston ?... Non, c'est moi qui lui ai donné... Il est sourd comme un pot ! Et il n'a pas de quoi s'acheter un sonotone.

— C'est quoi, le rapport ?

— Une astuce comme une autre pour communiquer avec lui... Essaie, tu vas voir.

Elle attrapa l'extrémité à la manière d'un talkie-walkie et approcha sa bouche de la membrane :

— Euh... bonjour, Gaston... Ici Margaux... Vous me recevez cinq sur cinq ?

Un sourire édenté fendit son visage.

— Oui... Cinq sur cinq !

Margaux éclata de rire.

— Je peux ? dit-elle en lui ôtant l'instrument.

Et devant la moue intriguée d'Alexandre, elle porta les embouts à ses oreilles et clama d'un ton solennel en lui tendant le cordon :

— Voyons, docteur ! Si je comprends bien, cet instrument est magique... Alors je vous écoute, parlez-moi... Peut-être que maintenant vous arriverez à me dire ce que vous avez sur le cœur.

32

Pour une cuillerée de kalouga

Quand elle aperçut sa petite-fille dans l'embrasure de la porte, ce soir-là, le regard de Jacqueline s'illumina. Une dernière étincelle de vie dans ce corps sur le point de s'éteindre. La jeune femme eut une mimique gênée. Comment ne pas paraître bouleversée par cette image ? Ce visage squelettique caché derrière un cône en plastique et cette potence qui pendait au-dessus comme le trapèze d'une acrobate. Elle ravala sa salive. Pas d'acharnement, avait promis Alexandre. À quoi servaient ces tuyaux qui tranchaient l'espace, et ce masque à oxygène ? Ne pouvait-on pas la laisser respirer tranquillement ? Elle commença à manquer d'air et prit appui sur le bras de Sandy. Comment ne pas craquer ? Relâcher les épaules, souffler. Rester souriante. Fixer ses yeux – deux trouées de ciel bleu au milieu des draps blancs – et s'y ancrer. Parce qu'eux, au moins, n'avaient pas changé. Eux n'avaient rien de triste, rien d'alarmant, juste de la tendresse. Une pression se fit sentir dans le creux de son dos. La main de son amie qui l'encourageait à avancer. Car il fallait être tout près pour l'entendre. Un murmure. Un souffle. Et même dans cet état d'épuisement extrême, toujours un mot pour rire :

— Tu ne trouves pas que j'ai des airs de Dark Vador ?… « Je suis ton pèèèère ! »

Margaux, penchée au-dessus de sa tête, s'agrippa à la potence et s'efforça de sourire. Même épuisée et déguisée en Dark Vador, sa grand-mère gardait le sens de l'humour. Quand elle la serra dans ses bras, elle crut qu'elle allait la briser. La vieille femme peina à répondre à ses questions, ses paupières se fermèrent plusieurs fois entre deux soupirs de la machine, puis elle finit par s'endormir.

— Tu ne trouves pas qu'elle semble sereine ? lui souffla Sandy à l'oreille, alors qu'elles observaient ses traits se relâcher. Je crois qu'elle est prête, elle me l'a fait comprendre.

Et Margaux sut qu'elle disait vrai.

Quand elles regagnèrent la cuisine, Raphaël s'affairait déjà aux fourneaux :

— Heureusement que je m'en mêle, sinon c'était haricots noirs pour tout le monde !… Que dites-vous d'un gratin de gnocchis au jambon de Parme ?

Des haricots noirs. Margaux repéra Alexandre assis à la table, la main posée sur la boîte de conserve. Elle se souvint de Cuba, du *congri* qu'ils avaient partagé, de la sauce brune onctueuse qui lui colorait les dents. Forcément, lui aussi y pensait. Et il restait là, à la regarder, l'air inquiet. La marquise semblait bouleversée et promenait ses yeux fuyants, brillant d'un trop-plein d'émotions. Il s'en voulut de l'avoir rabrouée tout à l'heure, de ne pas l'avoir prévenue, préparée. La rêveuse n'était pas habituée à côtoyer la mort de si près. Les images de sa mère lui revenaient sans doute à l'esprit, lointaines et douloureuses. Celles qui – avec le temps – avaient fondu dans son souvenir.

— Raphaël, c'est gentil… Mais à choisir, je préfère les haricots, répondit-elle la gorge nouée.

Et vu le trouble qui se lisait sur son visage, le cuisinier ne chercha pas à la contrarier. Cette fois-ci, Alexandre n'eut pas le droit au sourire coloré. Margaux mangea sans appétit, perdue dans ses pensées. Une seule idée l'obsédait : remplumer Dark Vador. Pourquoi ne mangeait-il plus ? Elle n'arrivait pas à comprendre. N'avait-il plus goût à rien ? Ou était-il juste incapable d'ingurgiter ce qu'on lui donnait ? Sous la direction de Raphaël, elle passa la soirée à lui concocter des recettes. Des mixtures faciles à avaler, des flans de légumes, de la purée de fraise, du sirop d'orgeat et même du rhum parfumé au citron vert que le chef eut l'idée d'épaissir à l'agar agar. Des recettes qu'elle voulut tester dès le lendemain en s'installant à la première heure à son chevet.

— Allez, juste un peu, souffla-t-elle, alors que la cuillère butait contre ses lèvres serrées.

Deux heures qu'elle s'escrimait à lui faire goûter quelque chose, qu'elle gloussait des « mmm… C'est délicieux », et qu'à chaque tentative, la vieille femme secouait la tête avec une mimique de dégoût. Elle ne lâcherait pas, c'était mal la connaître. Qu'elle boude les légumes, d'accord, mais le rhum ! Deux heures qu'Alexandre assistait à la scène, assis sur le fauteuil près de la fenêtre, et qu'il n'avait pas tourné une seule page de son livre. *Tenaces, les marquises !* pensa-t-il. La petite comme la grande. D'ailleurs, leur ressemblance était troublante. Depuis que Margaux avait débarqué à la maison, l'atmosphère était devenue plus légère, plus détendue. Le sourire naïf qu'il avait trouvé indécent au premier regard devenait attachant. Il y avait dans sa façon de se mouvoir, de se comporter avec Jacqueline, quelque chose de rayonnant, pétillant.

— J'ai une autre idée ! Attends, ne bouge pas… Je reviens.

En le disant, Margaux se rendit compte de l'absurdité de sa phrase ; et le sourire moqueur d'Alexandre la fit rougir encore plus. Du kalouga. Mais oui, bien sûr ! Raphaël en préparait un chaque fois qu'il venait, c'était devenu un rituel. Pourquoi n'y avait-elle pas pensé plus tôt ? Juste moelleux et fondant comme il fallait ! Elle revint, triomphante, en le portant au-dessus de sa tête comme s'il s'agissait d'un trésor. Le chocolat, n'était-ce pas le meilleur des remèdes ? Alexandre esquissa un sourire en la voyant se pencher pour guetter la réaction de sa grand-mère. On aurait dit qu'elle jouait à la roulette et qu'elle venait de jeter sa bille en espérant le jackpot. Il s'approcha, lui aussi. Jacqueline venait d'accepter l'offrande et remuait les lèvres en fronçant les sourcils.

— Ah… Il y a du progrès, se félicita-t-elle. Au moins, tu acceptes d'y goûter !… Qu'en penses-tu ? Quelle note tu lui donnerais, à Raphaël ?

La vieille femme plissa les yeux et le rictus satisfait qui suivit donna l'impression à Margaux de remporter une petite victoire. Si le plaisir refaisait surface, l'appétit suivrait. Forcément. Mais Alexandre, lui, n'était pas dupe. Il la connaissait bien. Dans ce rictus, il voyait plutôt une ruse. Une dernière ruse pour avoir la paix.

Les portes des chambres à l'étage venaient de se refermer, et Margaux s'apprêtait à passer une nouvelle nuit, seule sur le canapé, quand Alexandre fit marche arrière et décida finalement de descendre la rejoindre.

— Ce soir, j'ai le droit à un câlin ?

Il s'allongea près d'elle et posa sa tête sur ses genoux.

— Je vais rester, Alexandre, c'est décidé, dit-elle tout en passant la main dans ses cheveux. Elle a besoin de moi à ses côtés jusqu'à…

— Jusqu'à… la fin.

— Je n'arrivais pas à le dire. *Il ferma les yeux comme s'il avait compris. La fin, d'après lui, c'était quand ? La question lui brûla les lèvres sans parvenir à la prononcer.* D'ailleurs, je vais tout de suite envoyer un message à ma secrétaire pour la prévenir de tout annuler, s'empressa-t-elle d'ajouter comme si elle avait peur de revenir sur sa décision. Bon, je devrais peut-être faire un aller-retour à Berlin le jour de l'inauguration, mais sinon…

— Stop, Bergamote ! trancha-t-il en attrapant son téléphone. Ça peut attendre lundi, non ?

Elle se mordit la langue et continua ses réflexions tout bas, tout en faisant glisser ses mèches entre les doigts.

— Au fait, merci de tout ce que tu fais pour elle, je ne te l'avais jamais dit… Je suis sûre que sans toi, elle serait dans un lit d'hôpital à l'heure qu'il est.

— Avec sa peur des blouses blanches ? Impossible.

— Sandy m'a dit à quel point tu t'occupais bien d'elle… D'ailleurs, elle s'inquiète pour toi. Médecin jour et nuit, ça doit être usant à force.

Il haussa les épaules.

— J'espère être autre chose qu'un médecin pour Jacqueline…

Son air triste lui fit tout de suite regretter sa phrase.

— Excuse-moi, ce n'est pas ce que je voulais dire… C'est un peu de ma faute de toute façon, je me suis reposée sur toi, je t'ai laissé tout gérer. Désolée si je n'ai pas été assez présente ces derniers mois, mais…

— Mais… ta vie est ailleurs, je le sais.

Sa réponse la surprit.

— Ailleurs… Oui, en quelque sorte, soupira-t-elle. Si ailleurs est un peu partout et nulle part à la fois.

Une larme ruissela sur sa joue qu'elle ne chercha pas à retenir, et son dos glissa sur l'assise pour se mettre à sa portée.

— Alexandre ?… J'ai peur.

Et il referma ses bras autour d'elle, comme une carapace. Cet aveu, il l'attendait depuis longtemps. Les ressorts du canapé avaient beau leur pincer la peau, les fourmis gagner leurs jambes, ils restèrent lovés l'un contre l'autre jusqu'au lever du jour.

— J'ai fait des rêves bizarres, lui murmura-t-elle à l'oreille sans savoir s'il était réellement réveillé.

— Toujours ces cauchemars où tu perds tes dents ?

— Comment tu le… ? Tu te le rappelles ? *Elle eut un mouvement de recul. Troublant, comme il la connaissait. Ça avait commencé quand sa mère était tombée malade. Pourtant, elle ne se souvenait pas d'en avoir parlé à quiconque.* Eh bien, oui… Je les perds toujours, si tu veux tout savoir. Au moins une fois par mois. Elles commencent à bouger, puis se déchaussent une par une.

Il posa son index sur ses lèvres.

— Rassure-toi… Elles sont toujours là… Les dents du bonheur.

Cette tendresse, cette douceur dans la voix, cette façon de darder sur elle son regard de miel, il n'y avait que lui pour provoquer cette vague de chaleur, cet envol de papillons dans son ventre.

— Et alors ? dit-elle, la gorge nouée. Comment analysez-vous ces rêves, Monsieur le psychiatre ?

— Je ne sais pas… Sans doute la peur de la mort.

Et ils tournèrent la tête vers les falaises du cap. Celles qui plongeaient dans la mer et s'illuminaient au petit matin.

33

L'hirondelle en septembre abandonne le ciel refroidi de l'automne

Début septembre, il faisait encore chaud à Berlin ; et les berges de la Spree étaient un des seuls endroits où il y avait un peu de fraîcheur. Allongée dans un des transats du parc Monbijou face à l'île des Musées, Margaux sirotait un *Apfelschorle* à la paille avec vue sur le ballet des bateaux-mouches, quand son téléphone sonna. Tout était fin prêt pour l'inauguration de sa boutique le soir même, et son père devait arriver d'un instant à l'autre. Lorsque le visage d'Alexandre s'afficha sur l'écran, un mauvais pressentiment l'envahit. Surtout dès que sa voix lui parvint, enrouée et fébrile :

— Margaux ?…

Sans qu'il arrive à prononcer la suite.

Alexandre embrassa sa grand-mère sur le front, et une ébauche de sourire fendit son visage fatigué. Comme tous les matins, il la saluait avant de partir au travail en prenant soin de tourner la feuille de l'almanach sur sa table de nuit. Un jour de plus, comme un pied de nez à sa terrible maladie. Jacqueline n'était peut-être pas baptisée, n'avait jamais mis les pieds à l'église ; mais s'il y avait bien une chose à laquelle elle avait cru toute sa vie, c'était aux dictons des saints du jour. Comme s'ils étaient capables à eux seuls de rythmer et guider sa vie. Alors qu'en fait, ce n'était que folklore. Alexandre l'avait compris depuis son plus jeune âge. Elle n'avait pas besoin d'eux, la sagesse était en elle. Et s'il avait dû établir un palmarès des dictons les plus tristes de l'année, celui d'aujourd'hui avait sa place sur le podium : « L'hirondelle en septembre abandonne le ciel refroidi de l'automne. » D'habitude, il le prononçait tout haut en l'accompagnant toujours d'un commentaire pour la faire sourire. Mais là, étrangement, il omit de le faire et pesta sur le chemin du cabinet. Cette phrase lui avait filé le bourdon. Il n'allait quand même pas s'y mettre, lui aussi ! À croire à ces bondieuseries !

Et le dicton le suivit toute la matinée, soufflant un vent de morosité sur chacune de ses consultations. Ses pauvres patients repartant aussi tristes qu'ils étaient venus. Il y eut d'abord cet agriculteur perché sur ses deux béquilles, dont les genoux pleins d'arthrose le faisaient souffrir le martyre, qui lui souffla, avant de refermer la porte derrière lui :

— Quand on est tout rouillé comme moi, il n'y a plus grand-chose à faire.

— Pourquoi dites-vous ça ? Je viens de faire une lettre au chirurgien pour envisager une prothèse.

— Et quand ce sera le cerveau qui rouillera ?

— Là, ce sera plus compliqué.

— Surtout ne faites pas comme moi, docteur, ne vieillissez pas trop vite.

Puis vint le tour du nonagénaire dépressif. Celui qui portait son deuil depuis trente ans comme on traîne une valise remplie de pierres, qui trouvait le temps long. La vie aussi.

— J'en ai marre, docteur… Refilez-moi une bonne grippe et on n'en parle plus !

— Une grippe en été ?

— Ou autre chose… Ce que vous voulez ! Vous comprenez, je n'ai jamais aimé rester seul, alors trente ans… Et vous avez quel âge, vous, sans indiscrétion ?

— Un peu moins.

— Vous voyez ? Quand quelqu'un disparaît, on n'y pense jamais.

— À quoi ?

— À réparer les vivants. Ceux qui restent.

Réparer les vivants, comme si chaque deuil cassait une partie de nous et nous rendait plus fragile. Alexandre pensa à Jacqueline, ce qui resterait d'elle et ce que son absence allait briser. Depuis qu'elle ne quittait plus son lit, qu'elle ne parlait plus, n'était-elle pas déjà un peu partie ? Son regard croisa celui de Sandy, qui l'attendait assise sur le banc sous la glycine. À midi, il rentrait toujours déjeuner avec elle. Mais là, c'était différent. Elle secouait la tête comme pour le dissuader d'avancer. Et d'un peu plus près, il se rendit compte qu'elle pleurait.

Jacqueline avait l'air paisible, la tête bien calée au milieu de son oreiller, les yeux clos, les mains posées en éventail sur le pli du drap. Alexandre relut le dicton posé sur sa table de nuit et ne put s'empêcher de penser qu'elle avait orchestré son départ. L'hirondelle avait les pommettes hautes, de celles qui ont souri toute leur vie. Elle avait la peau lisse et blanche qui ne connaissait pas les rides. Aujourd'hui, pâle et cireuse. Cette journée avait beau être chaude et ensoleillée, le ciel sans nuages. Pourtant, l'hirondelle avait choisi d'abandonner, de baisser les bras et de fermer les yeux. À jamais.

Alexandre posa son sac à terre et avança le fauteuil pour s'asseoir près d'elle. Nietzsche, qui gémissait dans son panier, vint se lover contre lui. Une étrange sérénité régnait dans la pièce. Pas de musique cubaine, de chantonnement aigu et éraillé, de rires. Pas de crépitements dans la cuisine, ni de coups de bêche dans le jardin. Le silence et l'immobilité d'une femme qui avait eu l'habitude de prendre tellement de place. Que représentait-elle vraiment ? Une grand-mère ? Une marquise ? Un mentor ? Une amie ? Une hirondelle… Maintenant qu'elle était partie, que tout lui semblait vide, il fallait réparer les vivants. Une larme roula sur sa joue, qu'il balaya d'un revers de main. Puis une autre. Puis une autre. Pourquoi lutter ? Il laissa son corps réagir, se submerger comme un besoin d'évacuer tout ce qu'il avait sur le cœur. Et pendant plusieurs heures, il resta à la veiller sans bouger. Le temps qu'il fallait pour réaliser. Cette chipie avait choisi son jour. Celui de l'inauguration du magasin de Margaux à Berlin. Le seul où sa petite-fille avait dû s'éclipser. Comment lui annoncer par téléphone ? Ne devait-il pas attendre demain qu'elle revienne ? Lorsqu'elle décrocha avant même qu'il ait pris sa décision, il ne trouva pas les mots. Aucun son ne sortit de sa bouche, juste le soupir pesant d'une annonce qu'on voudrait retarder.

— Alexandre ? Alexandre ? s'inquiéta-t-elle. Tu m'entends ?

Et elle tendit l'oreille un long moment avant de prononcer la phrase qu'il ne parvenait pas à dire.

34

L'épitaphe

La cérémonie avait eu lieu la veille, au fond du jardin, comme elle l'avait souhaité. À ceci près que le petit comité s'était transformé en grand rassemblement. Le genre de détail que l'on ne peut maîtriser à l'avance. À Fréhel, Jacqueline avait marqué les mémoires ; et ils étaient nombreux à être venus la saluer pour la dernière fois : les amis, les commerçants, Monsieur le maire paré de son écharpe tricolore, le Dr Leroux revenu de vacances, et ses patients, déjà conquis par son jeune remplaçant. Alexandre avait vu débarquer – non sans émotion – sa bande d'internes de Quimper : Marie-Lou rayonnante derrière sa poussette, Farah, Bertrand, puis Marie en combi short rouge, qui s'était excusée de ne pas avoir trouvé de noir dans sa garde-robe. Le clan des Parisiens, lui, avait bien failli arriver en retard. Avec en tête : le grand Didier Berthot, la mine grave et soucieuse, accompagné de Sandy et Raphaël qui, main dans la main, donnaient l'impression de ne faire plus qu'un. Un mélange de genres, de personnalités, d'univers, de styles vestimentaires, à l'image de cette défunte aux multiples facettes. Jacqueline avait tout planifié avant de partir : la musique, les poèmes, la dispersion des cendres près du saule pleureur, et même la venue de ce jardinier, le lendemain de son enterrement. Casquette recouvrant son front, combinaison verte, bottes en caoutchouc, brouette chargée d'outils. Il s'était présenté à la porte, tout sourire, comme s'il était attendu :

— B'jou'… L' é' où, le saul' ?

— Pardon ?

— Bah oui, Ja'elin' m'avé' fé' un plan du ja'din… Mé' impossib' de'emet' la main d'sus.

— Ah, vous voulez parler du saule pleureur ? De l'endroit où elle est enterrée ?

— Dam' oui !

Voilà une heure que Margaux et Alexandre l'observaient avec curiosité, assis en tailleur dans l'herbe. L'homme s'appliquait à planter tout autour du tronc frêle de petits arbustes ornés de fleurs pourpres presque noires. Des fleurs parfumées que Margaux se mit à renifler en fronçant les sourcils d'un air expert.

— Cette odeur… Étonnant comme elle ressemble à celle de l'orchidée… Tu sais, celle que tu m'as offerte.

— Pour toi, ça sent le chocolat ?… Ça t'obsède, ma parole ! Plus qu'une passion, c'est une addiction.

L'homme se retourna, le sourire aux lèvres.

— Si j' peux m' pe'met', M'dame a'aison… C' sont dé' cosmos cho'olat… Une command' spécial' d' vot' g'and-mè'.

Et Margaux nargua Alexandre d'un sourire victorieux en frottant son pouce sous son menton.

Quand il eut fini ses plantations, le jardinier sortit une plaque en pierre de sa brouette, qu'il posa délicatement au milieu des massifs avant de recouvrir le sol de petits galets blancs. Les deux observateurs admirèrent son application et se félicitèrent du résultat. Cet endroit n'avait rien d'une tombe. Rien de froid, rien d'austère. Il parfumerait le jardin, évoluerait au gré des saisons, et bientôt les branches du saule seraient assez longues pour pleurer la défunte. Que restera-t-il d'elle ? Margaux se tourna vers Alexandre pour lui poser la question.

— Sa joie de vivre, son grand sourire qui ne la quittait pas, déclara-t-il du tac au tac.

— Ses chansons démodées et sa voix fluette qui grésillait quand elle montait dans les aigus.

— Cette façon de se déguiser, de transformer la vie en jeu.

— Ses petits pets sonores quand elle marchait, qu'elle feignait de ne pas entendre.

— Ha ha ha !... Et sa façon de toujours donner son avis sur tout, de se mêler aux conversations.

— Son exigence dans les restaurants et sa façon de se justifier d'un air entendu : « Ben quoi ? Le client est roi ! »

— Ses proverbes et ses dictons qui ont fini par la tuer.

Il y avait tant à dire. Chaque mot avait le goût du « plus jamais ». Et leurs cœurs se serrèrent à cette idée. Alexandre lui prit la main en entrelaçant ses doigts avec les siens.

— Bon, je c'ois qu' j'é' f'ni. Ça vous plé' ?

Satisfait de son travail, l'homme venait de s'éloigner pour prendre du recul, quand la plaque apparut sous leurs yeux. Un rectangle en grès des falaises où les lettres dorées creusaient la roche comme des hiéroglyphes. Ils pensaient y trouver le nom de Jacqueline, sa date de naissance, celle de son décès, mais n'était-ce pas mal la connaître ? Ils se regardèrent, à la fois étonnés et amusés. Cette épitaphe leur était destinée. Ils l'avaient déjà entendue de la bouche de Jacqueline, mais gravée dans la pierre, c'était différent. Plus solennel, comme un avertissement. Quand Margaux tressaillit, Alexandre le sentit contre ses phalanges. Les doigts entrelacés ne scellaient-ils pas le pacte ? L'ouvrier redressa sa casquette et sourit dans leur direction. Un sourire complice et compatissant.

« Mes chers enfants, j'ai confiance en vous.
Il est là sous vos yeux.
Pas la peine de le chercher.
L'extra dans votre ordinaire. »

Même morte, Jacqueline continuait de les surprendre en leur livrant un ultime message. Pas dans une boîte en carton, cette fois-ci, ni sur une carte postale jaunie. Sur une tombe, n'était-ce pas plus original ? Ils restèrent un moment sans bouger jusqu'à ce que leurs doigts commencent à fourmiller. Jusqu'à ce que la main de l'autre commence à les gêner. Dorénavant, plus personne ne les reliait. Juste des souvenirs, un héritage commun. Si la balle était dans leur camp, qui déciderait le premier s'il fallait la saisir ? Margaux ne tint plus en place.

— On fait quoi, maintenant ?

Alexandre hocha plusieurs fois la tête comme s'il essayait de se convaincre. Comme si la balle lui brûlait les doigts.

— Un tour en bateau, ça te dit ?

Margaux ferma les yeux, les idées bouillonnaient dans sa tête. Toutes plus brumeuses les unes que les autres. À cet instant, elle n'avait qu'une envie : partir en courant. Rester reviendrait à tourner en rond, se faire du mal inutilement. Ils étaient si différents. Jacqueline avait raison : si elle voulait de l'extra dans son ordinaire, il fallait fuir. Cet extra qui guiderait ses pas – comme un arôme d'exception sublime le chocolat –, elle ne pourrait le trouver ici.

— Je dois rentrer, soupira-t-elle. Il faut que je sois à Orly à sept heures demain matin.

— Et tu pars où, cette fois ?

— À Londres... C'était prévu de longue date.

Il ôta sa main brusquement. Pourquoi mentir ? De longue date – il le savait –, rien n'était programmé à part la mort de Jacqueline... Pourquoi inventer cette excuse ?

— Tu reviens quand ?

— J'ai du mal à prévoir... Sans doute un week-end entre deux déplacements. Tu seras là ?... *Il haussa les épaules.* Je t'aiderai à trier les affaires.

— Si tu veux, j'appellerai ta nouvelle secrétaire pour caler cela avec elle.

— Arrête, ce n'est pas drôle.

Alexandre plissa ses yeux tristes et blessés dans sa direction, puis se leva sans l'embrasser, sans même lui dire au revoir. Elle le regarda partir vers la maison, la boule au ventre, et ne chercha pas à le retenir. C'était sans doute mieux comme ça. Pas de promesses qu'ils ne pourraient tenir. Pas d'engagement. C'était plus raisonnable, se dit-elle en portant à son nez un pétale de cosmos chocolat qu'elle venait d'arracher. Un pétale qui – étrangement – ne sentait plus rien. Pourquoi avait-elle peur de le perdre tout à coup ?

35

Les volutes parfumées d'un chocolat chaud

Depuis le lever du soleil, Alexandre patientait, assis dans sa barque face aux remparts abrupts du fort La Latte. Sa mitraillette dandinait son train de plumes sous l'eau à la rencontre d'un banc de maquereaux, mais seules quelques algues daignaient s'accrocher à l'hameçon. Nietzsche, à ses pieds, ne bronchait pas et se laissait doucement bercer par la houle. Aujourd'hui, les poissons avaient décidé d'être plus malins ; et le jeune homme commençait à se faire une raison : il reviendrait bredouille. Pas la peine d'insister. La pêche, c'était comme la vie : il y avait des jours avec et des jours sans. Et depuis la mort de Jacqueline, s'enchaînaient plutôt des jours sans. Incapable de prendre une décision et de se projeter plus loin que le lendemain, il se comportait un peu comme sa mitraillette, seul au milieu des profondeurs, à brasser l'eau sans jamais rien attraper. Comme l'autre jour, quand il avait rendu les clefs du cabinet au Dr Leroux, et qu'il s'était excusé de ne rien pouvoir lui promettre. Un jour peut-être. « Quand je serai plus grand », avait-il eu envie d'ajouter, mais cette excuse n'était plus valable. Et lorsqu'il regardait les annonces de remplacements partout en France, c'était le même sentiment. Ce flottement, cette incertitude qui venaient lui barrer le chemin. S'engager – même pour deux semaines – lui semblait inconcevable. Trop de vagues à Biarritz, de vent à Berck, de monde à Paris, de soleil à Marseille, de montagnes à Grenoble. Ces raisons n'étaient-elles pas là pour en cacher une autre ? Il pensa à la lettre qu'il avait reçue par la Poste quelques jours plus tôt avec ce timbre anglais à l'effigie de la reine. Une reine ou plutôt une marquise ? Celle qu'il avait laissée bien en évidence sur la table du salon. Il le pressentait : s'il l'ouvrait, il coulerait un peu plus. Sa canne se courba d'un coup sec, au moment où il s'apprêtait à regagner la côte. La prise était grosse cette fois-ci, plus lourde qu'un amas de goémons. Combien y en avait-il ? Deux ? Trois maquereaux frétillants au bout de sa ligne ? Alexandre se surprit à espérer et tourna si énergiquement son moulinet que le butin ne tarda pas à apparaître à la surface. Un éventail nacré face auquel le pêcheur resta perplexe. Comment cette coquille Saint-Jacques s'était-elle accrochée à son fil ? Lui et le chien s'amusèrent à la regarder se balancer tel un pendule et à secouer la tête à la même cadence. Qu'annonçait-elle ? Un petit miracle ? La fin des ruminations ?

En tartare, surmontée d'un filet d'huile d'olive et de jus de citron, il prit le temps de la déguster. Le seul et unique fruit de sa pêche, était-ce son histoire, la valeur qu'elle avait acquise qui la rendaient si subtile et si délicieuse ? Ses yeux glissèrent vers l'enveloppe posée près de l'assiette. Pour la première fois, il ressentit la curiosité – l'envie même – de l'ouvrir. Qui sait ? Peut-être cette lettre l'aiderait-elle à avancer…

Alexandre,

Encore une fois, c'est Mamie qui avait raison.
Il a fallu que j'aille à Londres pour tout comprendre.
Alors que c'était au fond du jardin.
Cette manie de courir.
D'en vouloir toujours plus et de ne jamais être rassasiée.

J'ai rêvé de triangles, de ronds, de pétales
et de formes improbables.
J'en ai goûté des noirs intenses et des blancs
à la peau laiteuse.
Des fourrés aux crêpes, aux éclats de caramel
ou au miel d'acacia.
Des parfumés à la fleur d'ylang-ylang, au thé vert
matcha ou à l'essence de citron.
Des gonflés au rhum ou à la canchánchara.
Et pourtant.
Je ne l'ai jamais trouvé. L'arôme. Le vrai. L'extra.

En cet après-midi triste et pluvieux, je suis entrée
dans un café près de Borough Market.

Et je me suis retrouvée devant un chocolat chaud.
Un Alexandra sans alcool.
Un crémeux et brûlant aux volutes parfumées.
Aux odeurs de cosmos et de Sharry Baby *à la fois.*
Un chocolat tout simple qui m'a pincé la poitrine.
Et c'est là que j'ai pensé à toi.

Je me suis dit que l'ordinaire pouvait avoir un goût d'extra, quand je pensais à toi.
Qu'il ne fallait pas chercher loin.
Que ce n'était pas une question d'endroit. De moment.
Que c'était toi.
Juste toi.
L'extra dans mon ordinaire.

Alors, voilà.
J'ai fermé les yeux et j'ai pleuré.
Pleuré parce qu'il était trop tard.

36

De l'extra dans mon ordinaire

Qu'il pleuve ou qu'il vente, les Londoniens aimaient se retrouver sous les rails de métro dans ce quartier sud de la Tamise. À Borough Market, l'occasion était toujours bonne pour prendre un café, faire des provisions ou manger sur le pouce. À peine arrivé, Alexandre s'imprégna de l'ambiance chaleureuse, du brassage de populations, du mélange d'accents. Ici, les sens restaient en éveil, les couleurs se superposaient comme un patchwork, et les odeurs de poissons fumés se mêlaient à celles de la viande et des épices. Tout en slalomant dans les allées, Alexandre comprit pourquoi Margaux avait choisi cet endroit pour lui écrire. Quelque part, cette atmosphère lui ressemblait. Il n'avait pas voulu l'appeler. Même pas cherché à lui donner rendez-vous. Qui avait dit que le cache-cache de Jacqueline était terminé ? La prendre au dépourvu, la surprendre ne faisait-il pas partie du jeu ?

Au milieu de cette foule, trouver la marquise ne fut pas compliqué. Si le Petit Poucet laissait ses petits cailloux derrière lui, Miss Berthot ne semait jamais très loin ses chocolats. Et l'enseigne la plus *frenchy* et *trendy* du marché ne tarda pas à lui sauter aux yeux : « Life is like a box of chocolates… » Il se souvint de la discussion qu'il avait eue avec Raphaël, des idées de grandeur de Margaux et de son projet ambitieux d'ouvrir d'autres pâtisseries à travers l'Europe. La marquise n'avait-elle pas le don de transformer ses rêves en réalité ? Certes, c'était plus petit qu'à Paris. Juste un étal, quelques cupcakes, brownies et muffins – tous plus appétissants les uns que les autres – et deux ou trois chaises pour s'y arrêter. Mais le résultat n'était pas moins réussi et donnait envie d'y goûter. Et face au regard intrigué et amusé de la vendeuse, Alexandre se laissa gagner par l'émotion. Combien de surprises lui réserverait-elle encore ? Sans s'en rendre compte, il souriait d'un air béat en parcourant des yeux les créations du jour.

— *Do you want anything ?*

C'est là qu'il repéra l'orchidée sur le comptoir – son orchidée, la *Sharry Baby*, fleurie et odorante – dont il se mit à caresser doucement les feuilles.

— *Can I help you ?* insista la grande rousse en le prenant pour un illuminé.

Il leva la tête et continua à la narguer de sa mine bienheureuse. Derrière sa toque et ses sourcils froncés, quelque chose attira son attention. Une ardoise suspendue au mur avec une inscription à la craie, où l'anglais se mélangeait au français comme les idées dans sa tête. Pourquoi ne l'avait-il pas encore remarquée ?

Life is like a box of chocolates…
Et l'extra se fait toujours attendre.

Maintenant, Alexandre le savait : l'extra, c'était lui. Il n'avait jamais été si sûr de lui. Et il aurait voulu le crier à la terre entière. Où se cachait-elle, la marquise ? S'il le fallait, il la suivrait au bout du monde, emportant avec lui son stéthoscope, sa canne à pêche et son chien. Il se retourna et la chercha des yeux, mais à cette heure, l'agitation était à son comble.

— Do-you-know-where-is-Miss-Berthot ? essaya-t-il sans chercher à mettre d'accent.

En suivant des yeux le doigt méfiant qui pointait en direction de l'étal de fleurs, il l'aperçut enfin qui surplombait la foule, haut perchée sur son tabouret. Casque audio vissé sur les oreilles, trench-coat cintré, collants fins et petits escarpins. La rêveuse paraissait perdue dans ses pensées. Drôle de voir le contraste entre sa tenue apprêtée et l'extravagant burger qu'elle était en train d'engouffrer. Un burger géant, baveux et dégoulinant, qu'elle tentait tant bien que mal de tenir à distance en se penchant bien en avant. Comment ce petit bout de femme pouvait-il engloutir un morceau pareil ? Sereine, était-elle en train de calculer le nombre de kilomètres qu'elle devrait parcourir pour le digérer ? Quand il s'approcha et s'empara des écouteurs, la gourmande arrondit les yeux, prise en flagrant délit.

— Alexandre, baragouina-t-elle la bouche pleine, en esquissant un sourire « ketchup ».

Un sourire timide et irrésistible qui rivalisait avec celui aux haricots noirs qu'il aimait tant.

— Margaux...

— Tu as reçu ma lettre ?

Et dans le regard qu'il lui lança, elle put lire toute l'émotion qu'elle avait suscitée.

— Je t'attendais, dit-elle la gorge nouée.

— Je sais... C'est noté sur l'ardoise.

— Et l'orchidée ?... Tu as vu comme elle est belle ?

Il plissa les yeux et repensa à Cuba. À leur escapade en forêt, au guet-apens de Jacqueline.

— Tu peux peut-être m'aider... Je cherche la case « arrivée » du jeu, c'est bien ici ?

— Ha ha ha !... Tu crois qu'on a gagné ?

— ON ?... C'est moi qui suis arrivé le premier !

— Ça s'est joué à quelques heures... Mon avion pour Dinard était prévu en fin d'après-midi.

— C'est vrai ?

— En fait, j'espérais secrètement que tu me coiffes au poteau.

Il passa la paume de sa main sur son menton comme s'il prenait le temps de réfléchir.

— Tu avais bien préparé ton coup.

— Oui... Et même l'haleine au cas où...

— Au cas où ?

Elle se frotta le lobe de l'oreille, gênée.

— Au cas où tu veuilles bien m'embrasser.

— C'est très appétissant, en effet, lui souffla-t-il en la prenant par la taille. Approche... Je veux le regarder de plus près.

— Quoi ?

— L'extra dans mon ordinaire.

Et il colla doucement ses lèvres aux siennes.
Des lèvres fines et délicates de marquise.
Au goût insolite d'oignons caramélisés.
De chou rouge, d'agneau et de menthe.
Des lèvres qui lui donnaient envie de sourire.
De rire et de pleurer à la fois.

LE MEILLEUR POUR LA FIN

Les recettes

Le tiramisu au porto de Raphaël

Dans cette recette, le Portugal vient côtoyer l'Italie.
Et d'après Raphaël, tout est là pour vous remonter le moral !
À vous de jouer !

250 g de mascarpone
6 cl de porto
25 cl de crème fraîche liquide
3 cuil. à soupe de sucre vanillé
1 cuil. à soupe de café soluble espresso
25 cl d'eau
5 cl d'amaretto
20 à 30 biscuits de type boudoirs
1 tablette de chocolat noir (70 %)
1 cuil. à soupe de cacao en poudre non sucré

- Mettre le mascarpone dans un grand saladier et incorporer délicatement le porto en travaillant le mélange pour qu'il devienne lisse et crémeux. Réserver.
- Porter l'eau à ébullition et ajouter le café soluble. Incorporer l'amaretto et 1 cuil. à soupe de sucre vanillé.
- Fouetter la crème liquide, ajouter 2 cuil. à soupe de sucre vanillé et fouetter encore quelques secondes. Ajouter la crème fouettée au mélange mascarpone-porto.
- Tremper 2 ou 3 des biscuits dans le café et en tapisser le fond du plat.
- Recouvrir de 1 cuil. à soupe de crème au mascarpone, puis du chocolat râpé en copeaux. Refaire une autre couche de la même manière (et une troisième selon la profondeur du contenant).
- Sur le dessus : parsemer de copeaux de chocolat, puis saupoudrer de cacao en poudre, et placer au réfrigérateur au moins 3 h.

La reine de Saba de Margaux

Grâce à Margaux,
ce gâteau du dimanche injustement tombé dans l'oubli
vient d'être remis au goût du jour !

200 g de chocolat noir
100 g d'amandes effilées
4 œufs
200 g de beurre
100 g de farine
20 cl de miel liquide d'acacia
chantilly
sucre glace

- Faire ramollir le chocolat au micro-ondes et le mélanger aux amandes.
- Travailler les jaunes d'œufs avec le miel et le beurre ramolli, y incorporer la farine tamisée, puis le mélange chocolat-amandes.
- Monter les blancs en neige et les incorporer délicatement à la préparation.
- Verser le tout dans un moule à manqué préalablement beurré.
- Enfourner et laisser cuire 30 mn à 180 °C.
- Une fois refroidi, trancher le gâteau en deux disques horizontaux, le fourrer de crème chantilly et le saupoudrer d'un voile de sucre glace.

Le kalouga de Jacqueline

Dans ma famille, comme dans celle de Jacqueline,
le kalouga se transmet de génération en génération comme un trésor.
Et depuis plus de cent cinquante ans,
il n'a pas pris une ride !
Simple et inratable, ce gâteau mi-cuit a la texture
et la saveur d'un caramel au chocolat.
À savourer après un repas léger de préférence !

200 g de beurre
4 œufs
250 g de chocolat noir
250 g de sucre
1 cuil. à soupe de farine

- Mettre sur feu doux le beurre et le chocolat.
- Une fois le mélange fondu, ajouter le sucre, puis délayer la cuillerée de farine avec les œufs entiers.
- Dans un moule beurré, verser la préparation.
- Laisser cuire 45 mn au bain-marie et laisser refroidir.
- Servir le lendemain avec une crème anglaise.

Les pétales de Virginie à la fleur d'oranger

Pour décorer vos tables, vos desserts
ou juste pour le plaisir de les faire fondre sur la langue.
Maintenant, vous connaissez leur véritable histoire.

100 g de chocolat noir
1 cuil. à café d'arôme de fleur d'oranger

- Faire fondre le chocolat en y ajoutant l'arôme de fleur d'oranger.
- À l'aide d'une poche à douille, déposer des perles de chocolat sur du papier cuisson.
- Les recouvrir avec une autre feuille de papier cuisson.
- Presser votre index sur chaque perle en la faisant glisser vers le haut pour qu'elle prenne la forme d'un pétale.
- Séparer délicatement les deux feuilles, puis les poser sur une plaque à tuiles bombée.
- Les laisser 10 mn au réfrigérateur.

Le cocktail Alexandra de la marquise

Quelle astucieuse façon d'inviter le chocolat
à l'heure de l'apéritif !
Ce cocktail aurait été créé pour la reine Alexandra, femme
d'Édouard VII d'Angleterre.
Et quelques décennies plus tard,
il a fallu que Margaux se le réapproprie.

Glace pilée
1/3 de crème de cacao (2 cl)
1/3 de crème fraîche liquide
1/3 de cognac
Une pincée de cacao amer
en poudre

- Dans un shaker, sur de la glace pilée, mettre la crème de cacao, la crème fraîche et le cognac.
- Frapper rapidement sans trop secouer.
- Passer et verser dans des verres à cocktail.
- Saupoudrer d'un soupçon de cacao amer.

Mes sources et inspirations :
Blandine Vié-Marcadé, *Le Savoir-Vivre du chocolat*,
Le Livre de Poche.
Le site de partage de recettes : www.lesfoodies.com

REMERCIEMENTS

Chers lecteurs, j'espère que cette histoire vous a ouvert l'appétit et que vous avez tourné les pages en dégustant du chocolat. Des noirs, des blancs, des triangles, des ronds, des pétales et des formes improbables. En tout cas, moi, je me suis bien régalée !

J'attends vos impressions sur les recettes et surtout vos photos ! Faites-moi rêver et saliver ! Et n'oubliez pas : une recette n'est jamais ratée, elle est expérimentale ! Qui ne se plante pas ne pousse jamais !

Cette gourmandise – celle qui me donne envie de croquer la vie à pleines dents –, je l'ai héritée de ma grand-mère Jacqueline. Les mêmes joues rondes et pommettes hautes que mon personnage. Le même sourire malicieux. Seule différence ? Ma Jacqueline – à moi – ne savait pas cuisiner. Même pas cuire un œuf ! Sans doute parce qu'on avait toujours cuisiné pour elle. Une marquise, je vous dis.

Je tenais à remercier Madéc, l'arrière-grand-mère de mes enfants, qui – à sa manière – a contribué à façonner le personnage de Jacqueline. Une maison près du cap Fréhel, des propos pleins de sagesse, et surtout une excellente cuisinière ! La recette du fameux kalouga, c'est elle qui me l'a transmise. Mais chut ! C'est un secret.

Un grand merci à Lina, ma fidèle éditrice et amie, ainsi qu'à toute l'équipe d'Albin Michel pour leur confiance : Francis, Richard, Nathalie, Mickaël, Anne-Laure, Fabien, Sandrine, Rémy, et tous les autres. À celle du Livre de Poche : Audrey, Véronique, Sylvie, Anne et Florence…

Aux libraires qui m'accueillent toujours aussi chaleureusement.

À Katia, ma première correctrice, qui m'a accompagnée au Salon du chocolat et a testé avec moi – entre deux consultations – toute une panoplie de tablettes. Des parfumées, des fourrées, des pralinées…

À ma famille, mes amis.

À ma tribu aux yeux couleur de pluie. Celle qui me fait battre la chamade. Pierrick, Milla, Axel et Arthur. Sans oublier Nietzsche, mon lévrier Whippet, et nos balades philosophiques le long de la mer à Larmor Plage.

Pour contacter l'auteure :
sophietalmen@yahoo.fr
@sophie_tal_men
www.facebook.com/sophie.tal.men/

De la même auteure
aux éditions Albin Michel :

Les Yeux couleur de pluie, 2016
Entre mes doigts coule le sable, 2017
De battre la chamade, 2018

PAPIER À BASE DE FIBRES CERTIFIÉES

Le Livre de Poche s'engage pour l'environnement en réduisant l'empreinte carbone de ses livres. Celle de cet exemplaire est de :
200 g éq. CO_2
Rendez-vous sur www.livredepoche-durable.fr

Composition réalisée par MAURY-IMPRIMEUR

Achevé d'imprimer en mai 2021 en Espagne par
Liberdúplex 08791 St. Llorenç d'Hortons
Edition 05 - mai 2021
Dépôt légal 1re publication : avril 2020
LIBRAIRIE GÉNÉRALE FRANÇAISE
21, rue du Montparnasse – 75298 Paris Cedex 06

39/0519/8